J'aurais été un Dieu

Roman

© Michel N. Christophe, 2017
ISBN-13: 978-0-9987045-6-2
ProficiencyPlus

À tatie marraine

J'étais un géant nourri à la main par des géants plus considérables encore que je ne connaissais pas et ne pouvais voir. Tout le monde le savait, sauf moi. Ça faisait dix minutes que j'étais assis là à attendre que le cours tant vanté commençât. Ma vie serait-elle une succession d'attentes lentes et fastidieuses ? Il y avait déjà une semaine, une bobo parisienne, une bourgeoise à la mode, sobre, parée d'accessoires design, de bijoux tendance aux couleurs chaudes, emmitouflée dans un élégant foulard Hermès chutant sur une robe vintage, m'avait gauchement tiré d'un cours pour m'annoncer, haletante, que je faisais fausse route avec cette histoire de philo, et ferais mieux de rejoindre son département d'anglais. Elle était charmante, cette brune huppée et audacieuse. Et de surcroît, elle croyait en moi. Qu'avait-elle donc perçu que je n'eusse su capter en moi-même, pour me manifester un si grand intérêt ? Il faut avoir du toupet pour interrompre ainsi le cours d'un collègue, en faire sortir un étudiant pour lui déblatérer juste devant la porte d'entrée un soliloque sur l'inutilité du cursus dans lequel il s'engouffre. La réaction rageuse du prof de philo, à portée de voix, précipita la fuite de la madone et le retour à l'ordre moral. Je n'avais pourtant passé qu'une heure à peine dans son cours d'anglais optionnel. Oui, je l'avoue, je m'étais amusé comme un fou, et avais vraiment apprécié cette femme austère, distante, mais ô combien érudite ! La crainte qu'elle avait inspirée à mes camarades m'avait également amusé.

Maintenant, elle me renvoyait l'ascenseur. En face d'un vote de confiance manifeste, et aussi irrévérent, il ne me restait qu'une chose à faire, acquiescer et passer voir ce que le département d'anglais proposait. Ce qu'elle ne devinait pas dans sa présomption, c'est que, depuis quatre ans déjà, j'étudiais le droit et la philosophie, en double inscription. Que me réservait donc cette bourgeoise cultivée ?

Enfant, je ne quittais jamais Basse-Terre. Sauf peut-être à quelques reprises pour me rendre à Pointe-à-Pitre avec ma tante et sa famille. Vers l'âge de cinq ans, je m'étais subitement retrouvé orphelin. J'avais atterri chez mon unique tante. Quand je n'étais pas à l'école, de ma chambre chez tatie Olga, j'observais par les persiennes, derrière la maison en plein centre-ville, le jeu des enfants du quartier. La ville se vidait vers cinq heures, à la clôture des magasins et à l'approche de la fraîcheur du soir. Après le goûter, les garnements transformaient la rue en terrain de football bruyant. Et moi, assis près d'un grand fauteuil au salon, je faisais la lecture à grand-mère qui n'avait plus beaucoup d'yeux pour lire. Elle égrenait interminablement son chapelet tourmenté tandis que je m'appliquais à donner le bon ton, pour éviter la taloche qui résonnait très fort dans mon crâne. Elle ne m'épargnait jamais, si au lieu de faire chanter le texte, j'ânonnais. Parfois, elle s'endormait. Gare à moi si j'en profitais pour m'éclipser. Au moins cinq fois, il lui arriva d'ouvrir les yeux et de ne pas me trouver assis là, tout près d'elle, à l'admirer dans son sommeil.

Inutile de raconter ce qui m'est arrivé. Vous suffira-t-il de savoir que la seule vue de son cuir courrouçait déjà mon arrière-train ? Donc, si elle s'endormait, avisé, je gardais le derrière vissé au siège comme l'imbécile qu'elle voulait que je sois. Celui-là même que je ne voulais pas devenir.

J'avais des raisons de croire que l'insistance de grand-mère à me faire lire une variété d'histoires chaque soir tenait plus à son besoin de me maintenir sous tutelle qu'à un désir réel de parfaire mon instruction, ou de se divertir. Après tout, au salon nous avions une télévision qu'elle n'allumait jamais, sauf quand tatie Olga, de repos, restait à la maison. Alors là, sans égards pour grand-mère, je m'abandonnais à regarder dessins animés et westerns à gogo, me sachant protégé de l'arbitraire. À l'hôpital souvent tard dans la soirée, tatie rentrait, malheureusement trop tard pour me sauver de la tyrannie de la bougresse. Mes amis de quartier, une fois dans la rue, insouciants, ce que je leur enviais, parlaient le créole, notre langue de prédilection. Nos jeux se prêtaient davantage à l'usage de cette langue de la proximité qu'à celui du français, symbole de la distance et de notre sujétion. Grand-mère cherchait à me sophistiquer. Vain effort. Je voulais plus que tout au monde demeurer un Négrillon, de l'espèce qui priait le Bon Dieu pour qu'on ne l'envoie plus à l'école. C'était tellement plus amusant. « Ne parle pas créole. Tire ton nez pour l'affiner. Viens écouter le monsieur à la radio comment il parle bien le français. Fais ceci, ne fais pas cela. » Y'en avait marre de ces macaqueries de civilisation contraignante.

Chaque jour, j'emmagasinais un peu plus de ces mots qui faisaient de moi un problème, et un objet de dérision, sans valeur. Quand l'on me remarquait, on ne voyait qu'une tache qu'il fallait délaver. Mes cheveux crépus devaient se faire oublier, être taillés, et ordonnés, sur ordre de grand-mère. Il fallait sourire à des gens que je n'aimais pas, et puis parfois les embrasser, malgré leur haleine fétide ; égaler les mulâtres et respecter les Blancs, aussi couillons fussent-ils. Devenir celui qu'on voulait que je sois, était si fatigant. Puis toujours m'excuser d'être né comme le soir, la couleur du péché. Le prêtre l'avait même dit un jour. Il devait être saoul. Ce salaud, je l'avais bien entendu. Mais moi, je n'étais pas encore bien noir. Cela viendrait un jour. Pour le moment, plutôt que café sans crème, j'étais marron comme le chocolat. Si j'aimais ma couleur en dépit de tout ça, c'était grâce à l'affection et aux attentions de tatie Olga. Dans ses grands yeux étincelants, bien ouverts, j'étais beau à tous les égards. Je ne comprenais rien aux histoires de couleurs que les autres adultes tartinaient du matin au soir. Ils semblaient obsédés. Moi, je n'étais qu'un petit garçon qui n'avait pas froid aux yeux. Rien ne me semblait impossible.

Tonton Dédé, ce grand fêlé, apparaissait chaque soir, juste avant l'heure du coucher ; avant que sa femme ne rentre du boulot. Il n'avait jamais faim, celui-là ; toujours déjà mangé, probablement chez une femme au-dehors. Et grand-mère n'insistait pas. Elle ne disait jamais rien et tenait à ce que sa belle-fille ne fasse aucune histoire non plus avec son fils chéri. Pour sa défense, le soir venu, il avait la présence d'esprit de rentrer au foyer conjugal. D'autres hommes eux, oubliaient, de le faire, occupés qu'ils étaient à leur deuxième foyer.

Tonton Dédé détestait les Nègres. Cela faisait ricaner grand-mère. Il les pensait couillons, et surtout malhonnêtes. Je n'aimais pas tonton Dédé. C'était lui le couillon malhonnête ; de ceux qui perdaient toute contenance, tout amour-propre et grignait sans arrêt devant les Blancs-pays guère moins fourbes. Ils le grugeaient parfois, émiettant son salaire pour un retard par-ci et un oubli par-là. Cherchant à les distraire, tonton Dédé leur racontait des salades et tout plein de salamalecs pour regagner une place dans leur estime. Sans qu'il ne s'en rende compte, on se riait de lui et de sa bouffonnerie. Moi aussi, je riais. C'était une vraie tête de bourrique, ce tonton rigolard. Il devenait ridicule à force d'être chambré. Lui, la star du dîner de cons à la mode des Antilles. Amuser la galerie c'était son truc à lui. Son émerveillement démesuré devant les bagatelles du Nord en faisait à mes yeux un incorrigible abruti. C'était fini pour lui. Redressant le dos comme un cocotier devant un vent fort, il se pavanait sur l'île avec ses invités de l'autre bord, collègues du bon vieux temps. Il sortait une voix de stentor que je ne lui connaissais pas. Monsieur péchait par désir de reconnaissance. Il parlait de Paris en forçant les R d'un air supérieur. Il n'y avait passé qu'un mois en tout. Quand je serai grand, je ne serai pas comme tonton Dédé. Il était trop couillon.

Je détestais aussi surtout la façon brusque dont il traitait tatie Olga. Il lui parlait sans façon, comme on parle à un va-nu-pieds. Elle, une femme bien plus intelligente que lui, qui le ménageait et faisait mille efforts pour le laisser croire qu'il lui était supérieur en tous points. Personne n'était dupe. Sans trahir des sentiments revêches, elle prenait sa patience à bras-le-corps. Elle mettait beaucoup d'eau dans son vin avant de répondre, s'assurant à chaque fois d'utiliser des mots qu'il comprendrait. Cet homme obtus, en qui elle voyait on ne sait quoi, passait son temps à parler fort de choses qu'il ne maîtrisait pas. Pour avoir la paix, tatie le confortait dans la bonne opinion qu'il avait de lui-même et sa grande vacuité. Lui, il avait tout fait, tout vu, serré la main de tous les préfets successifs, et sondé les recoins de l'âme française. Un dimanche, après la messe, il nous déclarait solennellement que nous autres, vermisseaux antillais, engeances d'une grande nation, avions de la chance d'être nés Français.

Tatie Olga avait interrompu ses études de médecine à l'annonce de sa double grossesse. Il lui fallait parer au plus urgent : officialiser une alliance précipitée, autrement inacceptable. C'est contre les mises en garde de sa propre famille qu'elle épousa Monsieur Désiré Colma, dit Dédé. Un faux mulâtre sans grades des mornes de Dolé,

11

qui se prenait pour le gardien de l'honneur de la République française. La peau jaune comme le ventre d'un giraumon, le nez fin, la langue bien pendue, il avait rencontré ma jeune tante à l'anniversaire de sa meilleure amie au bourg de Trois-Rivières.

Tatie Olga s'apprêtait alors à partir pour la France terminer des études. Elle disait vouloir devenir pédiatre. En un quart de tour, lui qui travaillait comme contremaître dans une distillerie, Dédé s'inventa sur-le-champ une carrière prestigieuse dans la fonction publique. Il ne voulait pas être en reste. Olga de la Ratissière, pas dupe pour un sou, gobait tout parce qu'elle le voulait bien. N'ayant rien à perdre, elle écoutait ses boniments. De toutes les façons, elle allait quitter l'île sous peu. Le ventre plat, le torse bombé, doté d'un physique de jeune premier et d'une humeur égale, tonton Dédé plaisait aux femmes. Il savait reconnaître une aubaine quand il en voyait une, et comptait bien garder le contact avec cette belle Négresse maniérée, aussi prometteuse qu'ambitieuse, qui, toute la soirée durant, retint son attention. Une amitié intéressée naquit ce soir-là au vu et au su de tous. C'était l'époque où les jeunes filles de bonne famille ne se rendaient jamais sans escorte à une réception, quelle qu'elle fût. Ce soir-là, sa mère l'accompagnait et veillait. Sans autre information que ce qu'elle avait glané, elle considérait d'un bon œil la conversation amicale que le jeune homme à la peau chapée entretenait avec sa fille aînée, la pupille de ses yeux attentifs. Elle ferait une petite enquête plus approfondie de toutes les manières et, si la relation prenait, elle saurait aviser en temps utile monsieur son mari. Olga et Désiré se fréquentèrent avec assiduité pendant les grandes vacances.

Tonton Dédé, comme je l'ai déjà dit, n'aimait pas les Nègres, ce qui ne l'empêcha pas d'épouser une Négresse avec laquelle il fit trois enfants ; tous majeurs maintenant. Ils firent de lui le grand-père de plusieurs Négrillons de mon âge, et plus petits encore. Ce n'était pas pareil, insistait-il. Son épouse avait fait des études en métropole. Elle provenait d'une famille de Noirs évolués, pas de Nègres ordinaires. Dédé ne mentionnait jamais tout le mal qu'il avait eu à intégrer cette famille d'évolués, avant d'y renoncer et de les bouder à tout jamais. On lui reprochait d'avoir menti sur sa situation et sur sa famille. On pouvait tout pardonner, sauf ça. L'accepter aurait été facile s'il avait été honnête dès le départ. L'intégrité n'était pas son fort. Il n'avait pas la trempe d'un évolué, lui. Avait-il donc honte de ce qu'il était ? Lui, le fils de deux mulâtres pauvres qui, il n'y avait pas si longtemps occupaient une case vétuste, délabrée, dissimulée par une épaisse paroi végétale. Ses parents, dans leur jeune âge, avaient endommagé le français, chacun à sa manière, par les multiples coups de roche qu'ils lui avaient lancés. En société, les fautes de grammaire, qu'on qualifiait de coups de roche, les couvraient de ridicule. Pour eux, peut-être, une façon comme une autre de railler des géniteurs égoïstes. Chacun s'était révélé le produit d'une rencontre fortuite entre un zoreille concupiscent de passage sur notre territoire, et une servante apeurée, trop facilement flattée par le dévolu que le métropolitain, le Français de France, jetait sur sa personne. Au temps des grossesses, les criquets chantaient, les géniteurs ni vus ni connus se refondaient dans la masse amorphe du lointain pays bien-pensant. Ils se souvenaient à l'occasion vaguement des doudous et du gros sirop batterie des tropiques, insoucieux de la semence abandonnée au soleil. Qu'elles étaient formidables les vacances dans les miettes de l'empire !

Tonton Dédé se disait Créole. Personne d'autre que lui ne le qualifiait jamais de Créole. Il aurait fallu qu'il bénéficiât d'un petit statut pour ça. N'est pas Créole qui veut. Quand l'alcool frappait fort, assommant sa raison, il n'était plus Nègre pour un sou. Son père était un Blanc de France, comme le savon de Marseille, lui aussi de France. Moi, petit Négrillon d'une Amérique que l'on disait française, je grandissais peinardement plus ou moins protégé de sa bêtise sous l'œil bienveillant de ma tatie adorée. Bientôt, je serai trop grand pour les taloches et autres rebuffades de la grand-mère mulâtresse. Elle n'oserait plus lever une main aigrie sur moi. Et je l'enverrais lire ses livres elle-même dans son français savane approximatif, à l'aide d'une loupe, s'il le fallut.

Ce que je prenais à l'époque pour un châtiment inhumain devint le plus beau cadeau jamais reçu de man Yenne. Il me fallut arriver en fac pour m'en rendre compte. Grâce à elle, j'ai lu la Bible en entier, et connais intimement nombre d'auteurs édifiants dont mes camarades de classe n'avaient jamais entendu parler. Les lectures de man Yenne ont rendu mes échanges avec les professeurs particulièrement enrichissants ; et m'ont rehaussé dans leur estime. Au lycée, les profs de maths et de physiques, eux, vivaient dans un monde parallèle où les mots comptaient moins que les chiffres, et la logique du cœur n'avait aucune emprise. Je les plaignais, les pauvres. Je les pensais limités, et eux ils me croyaient bête.

Un à un, les retardataires remplissaient le fond d'ombre de la classe, le repli des cancres et autres âmes gangrenées. Le prof de philo, un rouquin élancé à l'allure de général, arrêté devant son bureau au milieu de la salle, se laissait guider par le bout de son nez crochu, penchant vers une maroquinerie de laquelle ses doigts secs, argentés de bagues épaisses, extirpaient une liasse de polycopiés. À peine levai-je la tête que l'apparition d'une sylphide reluisante d'un éclat inextinguible me tapait à l'œil, en plein cœur, m'aveuglait et me privait de mon libre arbitre. Son passage fugace de la porte d'entrée à l'ombre du fond de la classe qu'elle cherchait avidement, trop rapide, même pour des pupilles exercées, ne dura que le temps d'un clin d'œil. Ahuri, mon cerveau se figeait. Il revivait en boucle cette entrée fulgurante. Vraiment, rien de ce qu'il se passait à l'avant de la salle ne m'intéressait plus. Mon regard tiraillé se rabattait vers l'arrière, espérant un peu plus de cet éblouissement inopiné. Je le savais déjà, la femme de ma vie se tapissait là, dans la tanière des cancres.

Sur le qui-vive, semaine après semaine, la bouche en pâte, le cœur chamaillé, écervelé, je guettais. Je n'arrivais jamais à convaincre mes pieds de suivre ma tête sans rechigner à l'assaut de l'objet de toutes mes distractions. Elle était là, comme une friandise convoitée, chaque mercredi, tentatrice, insaisissable, resplendissante, hautaine, dans l'ombre du fond de la classe. Elle faisait un pied de nez à mes sentiments durcissants, assise studieusement sur un popotin angélique. De cette souffrance soudaine, accablante, de cet élan irrépressible qui me troublait la vue, interrompait ma vie et me changeait l'idée que je me faisais de mon propre courage, Je désirais l'entretenir. Quel était donc son nom ? Si vous la connaissez, livrez-le-moi donc.

Ces jambes à n'en plus finir, ce port qui aiguisait ma curiosité, ils semblaient insoutenables et droits. Ils m'empêchaient de cogiter. Le contour ovale de cette figure si bien organisée produisait en moi l'émoi. Comment le dissiper ? Détourner mon regard ? Le troquer au besoin plus urgent de concentrer mes efforts sur l'étude ? Un bonbon pour les yeux au goût de maléfice. Effroyable dilemme. Fin pris dans des mailles diaboliques, sa superbe m'abrutissait. Tant que ces questions qui accaparaient ma conscience resteraient sans réponses, je languirai incapable de concevoir la terminaison heureuse de mes études. Ma lâcheté y veillerait. Elle m'interdisait déjà toute expression. La vie devait continuer. Le temps finirait par éponger l'affection. Lâche, brave, ou infirme, je traînais secrètement, comme une lésion honteuse, le boulet de mon entichement.

Personne ne devait le savoir, connaître ma condition. Je rapetissais à vue d'œil. Ma réputation et ma cote en dépendaient. J'étais un homme de raison, ce que mon comportement démentait. Je priais qu'on retire loin de moi cette passion qui me rendait autre et faisait de moi l'ombre de moi-même. Pour l'heure, je resterai tapi dans l'ombre à soigner mes plaies. D'ailleurs, cette histoire ne concernait qu'elle, la femme-Nutella jonchée sur le trône que je lui avais fabriqué, et moi, son fidèle serviteur. Nulle chienne de la nuit ne viendrait à bout de mon engouement viscéral. Aucune ne me ferait l'oublier, ou renoncer à elle. Je lui apposerai au visage le masque de ma muse.

Devant moi qui ne croyais en rien, surtout pas en l'amour, converti dans l'urgence, elle s'érigeait déjà comme ma religion, mon idée fixe, mon unique salut. Je ne savais même pas son nom. À cet âge, on ne sait rien. Ou si peu. On ne connaît pas encore intimement l'amour. On croit pourtant tout savoir. On a tout plein de connaissances inabouties, ratatinées, de deuxième et de troisième main, et c'est peut-être mieux ainsi, car les connaissances hirsutes de première main font mal. Elles proviennent de la souffrance et d'une longue digestion. Tout ça pour dire que je ne savais pas si ce que je ressentais était de l'amour au sens strict. Du haut de mes vingt-deux ans, ça en avait tout l'air. Mon orgueil m'avait fait dégringoler du piédestal de mes certitudes. Vaincu par la passion, je me retrouvai sur le cul de ma pudeur. En attendant le retour du courage, je m'évertuais autant que possible à étudier.

L'estime de ma bobo brune comme la nuit comptait aussi pour moi. Il me rattachait à l'idée que je me faisais de moi. Avec elle, je n'étais plus le spectre de moi-même. J'étais viril, confiant, charmant, plein de charisme, un géant en formation. Branchée, ouverte, quoiqu'un peu guindée dans son statut de mandarin, de ses attentions voilées, elle me suivait à distance. Elle me voulait du bien. Je le savais. Je le sentais. Il me plaisait de le croire en tout cas. Elle semblait large d'esprit. J'acceptai de devenir son cobaye, son expérimentation, et elle, mon exutoire. Si elle décidait de s'ouvrir un peu, mon plein d'esprit et mes bonnes notes épateraient certainement cette reine-Nutella. Malheureusement, hors portée, renfrognée dans le huis clos de sa beauté. Elle aurait dû être abordable, question d'âge, de race et d'origine. Nous avions tout cela en commun. Enfin, je l'espérai. Il ne nous manquait qu'une chose, la clef du déclic qui transformerait mes chimères en réalités jouissives. Avec la bobo, malgré une distance apparente, les choses seraient plus simples, différentes en tous cas. D'elle ou moi, je ne savais qui était le plus exotique. Le dépaysement serait assuré pour chacun. Je flairais son désir. Je l'anticipais surtout. N'avait-elle pas fait le premier pas, par un acte d'audace, et bravé l'interdit, pour ma frimousse à moi ? J'avais vu l'étincelle dans son regard vivant. Tout une déclaration muette. Ni l'âge, ni le statut social, ni le rapport de force inégal, ni nos différences visibles et invisibles n'empêcheraient le rapprochement.

À l'observer sans me faire remarquer, je décelais la solitude que déguisait sa froideur. J'étais un garçon, et elle, une fille... femme, peu importait. Je saurai quoi dire et surtout quoi faire ! Nullement en reste de toupet, moi-même, comme entrée en matière, je la remercierai de m'avoir incité à changer de cursus quoique je n'en changeai pas. L'idée est qu'en effet, je valais bien la peine de son attardement. « Merci, Madame, j'aimerais aussi vous inviter à casser la croûte avec moi. Dans ma culture, on congratule concrètement. » Pour travestir mon fantasme, et donner la bonne mesure de mon raffinement, je prétexterai un repas suivi d'une pièce de théâtre loin des regards goinfres ou réprobateurs. Cette femme racée, mince et froide jouait dans une ligue bien au-dessus de la mienne. Mais, ambitieux, débonnaire et fier, je me sentais à la hauteur. Bien sûr, je me la jouais.

En acceptant mon invitation, elle me mettrait au défi de révéler ma substance. L'aventure commencerait. Avec elle, je serais un homme, un tantinet jeune, le plus fort parmi les hommes, et elle, pour moi, une dame, un tantinet mûre, la plus séduisante parmi les femmes. Je lui donnerai le sentiment d'être absolument la meilleure chose qui me soit arrivée dans ma misérable vie. Elle sera ma wonder woman à moi. Le feu indéniable de notre passion naissante éclairera la voie. Je resterai fidèle à mon instinct de mâle, moi, l'animal en rut, prêt à téter les mamelles du monde. Avec la reine-

Nutella, en revanche, pratiquement invisible, je n'existais pas encore au sens propre. Elle ne montrait pas sa faille. Pour le moment, je n'étais qu'un vassal. Je le resterai à moins que le courage ne me revienne !

***

Un matin, la terre trembla. Au cinquième étage du bâtiment scolaire, je me retrouvais à faire de drôles de pas de danse dont je ne me savais pas capable. Je dandinais mes cuisses de haut en bas, propulsant incontrôlablement un genou courbé vers l'avant, puis de droite à gauche faisant vibrer violemment les mêmes cuisses tendues. Je n'ai plus jamais eu besoin de reproduire ce pas trop difficile une fois le tremblement passé. Les maîtres nous regroupèrent dans le préau, près de l'enceinte de la cantine pour permettre à des adultes en uniforme d'évaluer la condition des salles de classe. Là, avec les copains, nous nous chamaillions allègrement et de vive voix, faisant bien attention d'éviter le naturel, ce créole qui nous valait tant de récriminations à la petite école. Subitement, la lumière de notre soleil tropical nous fut dérobée par un curieux métro ; un nouveau prof gringalet que nous ne connaissions pas. Que nous voulait-il donc ? Lui qui tenait notre astre en otage et s'approchait un peu trop près de nous. Craintifs et curieux devant cette présence persistante, nous nous tûmes, feignant l'ahurissement.

— Vous parlez bien le français tous les trois. C'est formidable.

— Vive la vie, le Pepsi, et le pipi au lit. Et alors ? lui répondis-je vertement, soucieux de retrouver le soleil qu'il bannissait. Qu'est-ce que ça change ?

— Ça change que cela vous ouvrira des portes plus tard.

Convaincus d'avoir affaire à un pédophile, nous nous désengageâmes de son emprise par plusieurs pas cadencés, synchronisés, l'air contrit, reculant et protégeant nos arrière-trains. « Plus tard ! Qu'est-ce qu'il raconte ? C'est maintenant que nous souhaitons voir les portes s'ouvrir pour nous permettre de goûter et découvrir le monde. »

***

Les effluves de Paris exaltaient mes sens, moi l'oiseau tropical de passage. Son esthétique m'émouvait à égalité avec ses femelles émoustillantes, témoignages incarnés de sa passion pour l'art, cette éruption de sensualité. En s'y enfonçant, on souhaitait tout lui pardonner, sa dureté, sa froideur, et son indifférence. On ne pouvait se tromper, avec les bobos, une sortie culturelle s'imposait. À travers les rues sombres, il fallait maintenir une cadence brusque au risque d'arriver en retard.

La pièce de théâtre enivrait mon imaginaire. Mes neurones s'emballaient. Des pensées paradoxales fusaient de toutes parts. Je m'attelais à déceler la trame d'une histoire au premier abord sans queue ni tête. L'émotion de chaque instant retenait mon haleine. Déconnexion impossible, absorbé que j'étais par un non-sens étourdissant. Une main fluette, chaude, et mal assurée se glissait dans ma main ouverte, accueillante, et reconnaissante. Un souffle mentholé, aventureux, frôlait ma joue à la recherche de mon souffle praliné. Nos lèvres s'enlacèrent et nos langues se prospectèrent à tâtons. Consciente de sa transgression, ma bobo, de son corps convulsif, fondait sous la fougue de mes baisers conquérants. Nos épidermes surchauffés s'engonçaient dans les dédales ténébreux du délice. L'escapade dans la douce folie pouvait enfin commencer. Emporté par un parfum aux senteurs d'épices, et sa peau moite offerte à mon gourmand toucher, j'exultais. En transe furieuse, nous nous précipitions gaiement vers notre petite mort, aveugles, la rage dans le mouvement. Imperméable au qu'en-dira-t-on, et aux conventions, et à la bienséance, je sombrais dans l'extase en public. Nous étions deux esclaves volontaires d'un désir tyrannique, effervescent. Je savourais ma victoire du bout de doigts mouillés, ayant soumis la classe dominante à mon désir. L'appartement parisien dont elle avait hérité sur la Rive Gauche était décoré de meubles lourds, travaillés, anciens et imposants qui ne lui ressemblaient pas. Cet espace démesuré qu'elle occupait ne l'habitait pas ; jouissance et prérogatives de riches. Sa réalité s'imposait à moi comme l'antithèse de la mienne ; moi le migrant, l'exilé de l'intérieur. Cette France de la facilité, je ne la connaissais pas ! Heureusement, j'apprenais maintenant à la découvrir par-derrière. Au-delà des enclaves, les animaux qui se cherchaient se trouvaient, et les interdits comme les étiquettes retombaient pour rejoindre nos sous-vêtements sur le sol de notre déraison, là où ils ne servaient plus à rien. Ma bobo exigeait la capote, irrationnelle, mais point folle. Dans son exaltation,

25

elle me parlait maintenant anglais et j'assumais le jeu de rôle. I was very happy to oblige! L'instinct guidait mes déhanchements. J'étais un forcené !

Au fil des semaines, Catherine devenait petit à petit mon nouveau cursus extrascolaire. Plus facile, prometteur à égalité, il me stimulait les sens. L'air bourgeois qu'elle prenait, n'en était pas un, c'était sa raison d'être, une complaisance de son esprit déchiré entre des valeurs contradictoires. Après un compte-rendu inattendu et musclé sur les règles de notre engagement, et les balises de notre relation, Catherine, au bout d'un mois, me donnait une clef et un code pour me faufiler dàns ses nuits. De citoyen de seconde classe, elle faisait maintenant de moi un clandestin. Nous ne devions avoir aucun contact à la fac, lieu sacré où le pain se gagnait. Je devais appeler avant de débarquer chez elle. Et surtout, surtout, discrétion absolue, mon roi-lion. J'obtempérais. Ça m'allait ! La bourgeoisie avait ses charmes discrets. Elle souhaitait entretenir avec moi une relation purement sexuelle, et contrôler mon désir sans que je ne puisse jamais contrôler le sien, et aussi m'apprivoiser pour mieux m'orienter, moi qui étais plus jeune qu'elle de dix ans. Me manipuler même, faire de moi sa chose, sans jamais devenir la mienne, son cheval de somme. Elle souhaitait me fréquenter selon ses termes, sans se soucier des miens, ou bien, de qui j'étais au fond ; être vénérée, et prendre une revanche sur l'amour en abusant de mon membre ; transaction inégale dont je ne souhaitais pour l'instant pas me plaindre. Quelqu'un devait lui avoir fait très mal. Elle m'avait avoué que depuis déjà un an elle était seule. Sa dernière relation avec un homme cultivé de son âge, comme elle féru d'art contemporain, un interne à l'hôpital Henri Mondor, l'avait laissée dépitée, résolue à ne plus jamais aimer et même croire en l'amour. Elle avait beaucoup donné mais trop peu reçu en retour. Les hommes qu'elle avait fréquentés s'étaient montrés incapables de l'aimer. Trop égoïstes pour faire durer le plaisir et s'accrocher. Elle avait probablement été excessive dans les manifestations de ses sentiments, et les avait effrayés. Et pourquoi pas ? Qui renoncerait à un bonheur même excessif ? Maintenant, aimer l'effarouchait. Cela faisait trop mal. Elle préférait se laisser bercer par une douce mélancolie qui, à l'occasion, friserait peut-être la dépression. Elle déclarait ne pas être juste bonne à maintenir une place chaude pour la femme qu'on épouse ? L'avait-il quittée pour épouser une autre ? À force de rejets, elle refusait de prendre le risque d'entrevoir ce monstre qu'elle disait être devenue. Elle ne faisait donc face à un miroir exécrable que lorsqu'elle s'habillait. À trop partager la honte qu'on charroie depuis l'enfance, on fait fuir ceux que l'on aime. De quoi parlait-elle ? Déterminée à ne plus souffrir, et, à se protéger, elle plaçait un masque froid et calculateur sur une âme douce, empreinte de générosité, et ne se donnait plus qu'à moitié. Catherine se cachait, mais restait profonde, entière, sur un nuage, loin des imbéciles au cœur indécis, et mal équipés pour des sentiments purs.

Incapables d'affronter la lumière, même feutrée, esseulée, elle taisait ses pensées, ses élans, et son cœur, en échange d'une mesure de chair, de chaleur humaine, et un brin d'intimité sans fard. Elle s'en contentait. Comme tout le monde, il lui fallait des caresses du soleil pour croître. Comme un homme, elle accaparerait ce qu'elle voulait, assouvirait son désir, et puis prendrait la clef des champs. Plus d'attache, plus d'investissement affectif, et jamais plus cette comédie de l'intime. À satiété, elle n'invitait que du plaisir, et savait donner l'espace et l'air qu'on lui avait maintes fois réclamés, même si le faire l'écorchait vive. Elle avait mal. Dans mon étourdissement, j'en oubliai presque ma reine-Nutella.

Des étudiants de tous les âges empruntaient la passerelle qui menait au campus. Le métro les déversait en vagues successives dans une allée bordée de fleurs multicolores où un défilé interminable de la diversité humaine s'enclenchait. La fac bourdonnait telle une ruche, de neuf heures du matin à trois heures de l'après-midi. Bondée, dans chaque salle, des pantomimes de la connaissance se déployaient, affables, sur la toile vierge de notre ébahissement. Une procession pensante s'en allait meubler le temps à une bibliothèque bien tenue jusqu'à l'heure de la prochaine conférence. De nouveaux liens se tissaient à voix basse dans ce lieu du culte de la connaissance. C'est là que je rencontrais presque tous mes amis, et m'en faisais de nouveaux.

Concupiscent, j'y observais aussi à mon aise les proies alléchantes et cosmopolites de mes chasses prospectives. C'est là aussi que dans le calme je m'évertuais à converser avec les ombres très présentes des esprits enfermés dans les livres. De très bons professeurs, ceux-là me permettaient d'avancer au rythme que je dictais. C'est moi qui décidais. Ils ne pressaient jamais la cadence. Patients, ils m'attendaient, me laissaient naviguer, cogiter, même lorsque nos rencontres s'aéraient, s'espaçaient, le temps pour moi de laisser souffler, puis enfin germer une idée, un moment dans ma révolution personnelle.

Plus que tout, j'aimais notre cafétéria. En France, la cuisine est une fête. On y respecte le palais. Jour gras, jour maigre, le plaisir était à la table ; le choix multiple toujours au rendez-vous. Les longues lignes de la cafétéria menaient vers une caisse unique. Du vin rouge, blanc ou rosé accompagnait nos montagnes de mets délicieux, sources d'énergie adaptées aux besoins de nos méninges surtaxées par une stimulation de tous les instants. Debout dans la foule, attentif au ronron de mes tripes, je me sentais subitement happé par le son alarmant d'une injustice en pleine évolution.

— Donne-moi ça bamboula, et casse-toi, tu pues. Laisse la place.

Deux mastiffs patibulaires, le poil hérissé sur des crânes crevassés et butés, s'acharnaient sur un subsaharien timoré, le bousculaient et se le renvoyaient comme un sac de misère. L'assistance, un peu gênée, mais également amusée, matait la scène sans broncher, le rictus mal avisé. Me

29

sentant agressé, je cillais. C'est moi qu'on rudoyait de la sorte. La particule de poussière que j'étais s'identifiait dans l'âme à cette misère aussi. Ma quiétude et mon sens de la convenance réclamaient tous les deux une riposte. Sans résistance, l'intello allait se faire massacrer. Se considérait-il donc un intrus dans le pays de l'autre ? Pourquoi abdiquait-il si facilement sa place dans ce bas monde où nous tous, l'un comme l'autre, au regard du temps, rampions ? Pourquoi renonçait-il déjà à s'alimenter ? Lui qui trimait pour s'en aller, la queue entre les jambes, intimidé par les jappements de deux mâtins disgracieux. Qu'avait-il cet homme d'Afrique à marcher la tête basse, confronté à l'arrogance, à se comporter avec humilité ? À inviter l'humiliation ? Ne savait-il pas que tout ce qui est humain lui appartient aussi ? Je n'ai vraiment que cela, ma peau, et je dois la sauver. Dans ma peau fière, où que je sois, je suis encore chez moi. On me la tannerait, sous les Tropiques ou ailleurs, si je ne la défendais pas. Ils sont bizarres ces intellos qui passent leur temps à construire des monuments à l'inaction. Ils ont donc si peur de la violence, cet élan primaire de l'autre qui dit non ? Il suffirait d'y opposer un oui viril pour écarter l'affront.

— Hé. Foutez-lui la paix, sinon vous aurez affaire à moi. Je me surpris à crier.

En maître du moment, avant que la raison ne contînt mon audace, j'avais déjà parlé haut et fort. Sorti de mes gonds, je n'avais d'autre choix que d'assumer mon mouvement périlleux, ce geste effréné, irréfléchi, malgré la peur qui me minait. Donc, j'intervins, les bras bandés prêts à la bagarre. Frondeur, j'avançais le buste bombé paré à tout, même à laisser ma peau comme une offrande à la bêtise. Les dogues, comme dans un très bon rêve, sans demander leurs restes, s'éclipsèrent dans les dédales de leurs vies étriquées. Je savourais ma puissance, l'épiderme indemne. Je ne comprenais pas ce qui s'était passé. Étais-je vraiment si redoutable ? Dans mon dos, sans que je m'en susse rendu compte, deux colosses antillais s'étaient détachés des rangs et avançaient pour me porter secours. L'union faisait la force. Je venais de me faire trois amis, un lâche et deux braves. En signe de reconnaissance, nous nous cognions les poings l'un contre l'autre, comme en hommage à un rite ancestral. Je m'étais contenté d'éjaculer mon dégoût à la face de l'imbécilité ; j'avais pris position, et voilà où ça menait. Déjà une tribu se formait.

Qu'attendais-je moi-même, envisageant les choses comme je le faisais, pour dire oui à ma reine-Nutella ? Tant de douceur en promesse pour un roi qui ne devait plus s'ignorer. Troublé par mes contradictions, après le repas, évitant la foule et la bibliothèque, je partais à la recherche d'une salle vide et tranquille où réviser avant le prochain cours. J'avais juste le bon endroit en tête. La salle de classe où, pour la première fois, j'avais caressé des yeux celle qui hantait mes rêves, mon fantasme incarné. Je perdais de vue l'essentiel. J'étais là, en fac, pour obtenir un diplôme et rien d'autre. Je devais plutôt me faire une raison et renoncer à cette obsession de mon cœur asservi. Je tournai la poignée. Elle céda. Grande ouverte, la porte révéla la plus grande de mes appréhensions. Subjugué, mon cœur ne battait plus. Il implosait. Là, devant moi, éberluée, Son Altesse, en chair et en os, comme un livre ouvert en attente d'un lecteur, s'offrait à mon emprise, assise sur son beau coussin pulpeux. Dans ma poitrine, mon cœur fit un bond ultime, fatidique, et puis ressuscita. Mes pieds ivres, ces traîtres, se dérobaient. Ils ne servaient jamais à rien en face d'elle. Un petit diable coquin terrassait déjà mon ange gardien, ce couard, lui interdisant de faire de moi en cet instant décisif, un dégonflé, un homme sans vigueur, incapable de trancher les veines de la fatalité. Je flottais comme un papillon de nuit vers cette lumière qui m'aveuglait. Je balbutiais des mots sans profondeur qui déguisaient ma pudeur, et pourtant réchauffaient le cœur de celle qui frissonnait aussi, sensible aux ondulations de mon esprit conquérant, et magnétique. Soukeyna. Elle avait un nom. Le plus beau nom qui soit, Soukeyna. L'être rêvé était fait de peurs, de bon sens et de besoins, comme moi. Aérienne, plus ravissante encore, en garde à vue rapprochée, je me laissais envoûter par son sourire zélé, franc, et ses deux fentes brillant d'un feu doux, des fenêtres sur une sensibilité sans feintes. Comme pour m'en convaincre, je répétais tout bas, « Je suis ton homme », de ma voix grave, lente, profonde, éraillée, troublée par la source de mon délire ; plus pour qu'elle le sente, sans vraiment penser qu'elle pouvait l'entendre.

— Je sais, répondit-elle dans cette voix haute et aiguë qui créait un appel d'air. Je rêvais. Elle parlait comme un ange. J'étais prêt à panser toutes ses fêlures.

— Je le sais depuis notre première rencontre. Nos regards furtifs mais intenses m'ont mis la puce à l'oreille.

Notre amitié amoureuse naquit ce jour-là, et se souda dans une flambée fusionnelle en l'espace de cet affrontement de notre désir confondu inespéré et foudroyant. Les jours suivants, nous nous attendions, espérions, puis cheminions ensemble jusqu'à la cafétéria où nous déjeunions en grande communion. J'étais devenu pur esprit. Immatériel. Mon corps n'existait plus. Il n'était qu'une enveloppe, et j'étais un esprit. Je n'avais plus de besoins ni de désirs. J'avais atteint le Nirvana, cette absence de souffrance dont rêvent les ascètes. Paumé dans la ouate, je planais entre l'inconstance du ravissement et l'insistance du contentement, confronté aux subtilités d'une âme qui engouffrait la mienne et décuplait mon engouement. La beauté salutaire de mon élue adoucissait les contours de mon ardeur. En réalité, le réconfort que le corps de Catherine me donnait, rendait possible le détachement dont je faisais preuve avec Soukeyna. Sans lui, je n'aurais su endurer la passion. Elle m'émouvait trop. Voilà à quoi m'avait servi la vie jusque-là, à arriver à ce moment crucial, à cette rencontre qui justifiait

33

toute mon histoire, chacun de mes choix et de mes souffles. Passage inéluctable servant à ouvrir la voie à la vie, à plus de pétulance, à un sillon plus ample, et à plus de délices. Soukeyna me renvoyait ce que je lui donnais. À ses yeux, j'étais beau, viril, intelligent, et sympathique. Je rougissais de façon invisible à l'œil nu. Elle se sentait unique, belle, et suprêmement désirable dans mon regard. Elle voulait que je devienne pour elle, tout ce qu'elle était devenue pour moi. Elle ferait une bonne politicienne. Je voulais être l'homme d'une seule femme, celle qui s'appelait Soukeyna.

— Alain, je t'ai vu. Ne nie rien. Tu te ridiculiserais. Qui est-elle ? Ta nouvelle conquête ?

Ses joues devinrent toutes roses. Elle baissa les yeux comme si elle regrettait ce qu'elle venait de dire. Catherine aurait préféré se tromper.

— Vu le temps que vous passez ensemble, ça ne peut être que ça ! Et quand comptais-tu me le dire ? puis comme si elle ne le voulait pas vraiment, elle hésitait.

— Rends-moi les clefs. Tu ne les mérites plus.

— Tais-toi. Laisse-moi parler, Catherine. C'est juste une amie que j'aime beaucoup. Rien de plus.

— Espèce de saligaud. Il t'en faut deux ? Une Blanche et une Noire.

— Tu te trompes. Il ne s'est rien passé entre nous.

— Je ne te crois pas.

— Pourtant, c'est la vérité. Elle est vierge, et tient à sa virginité jusqu'au mariage.

— Eh ben voyons ! Tu as donc essayé. Drôle de conversation pour une amie sans plus. Qu'est-ce que tu fous avec elle tout le temps ?

35

— Qu'est-ce que ça peut bien te faire Catherine ? En quoi cela dérange-t-il notre arrangement ?

— Je suis une femme, Alain. Pas une machine, dit-elle, en élevant la voix.

— Calme-toi.

Je la pris dans mes bras, la serrai fort pendant qu'elle sanglotait, plus près de mon cœur sans dire un mot. Lui embrassant le front, je lui caressai la nuque avec une tendresse qu'elle ressentait et qui la surprit. Mon corps tendu vers le sien apaisait ses angoisses. Elle se relâcha enfin, daignant se livrer comme elle ne l'avait jamais fait.

— Au diable l'arrangement ! dit-elle subitement à haute voix.

— Je veux t'appartenir. Voilà ce que je veux vraiment.

Elle ne souhaitait donc pas me perdre. Pouvais-je la croire ? Cherchait-elle à me manipuler ? Il y avait-il anguille sous roche ?

— Cela me ferait trop mal, disait-elle, la voix chancelante.

Habitué à être un jouet maintenant pour elle, ma surprise fut immense. Elle tenait donc à moi.

Faire souffrir une femme ne figurait pas dans mes résolutions de Nouvel An. Les amies de tatie Olga qui, après une rupture, avaient défilé dans son salon, n'avaient jamais tenté de dissimuler leur peine. J'avais grandi entouré de leurs cris. Certaines avaient sombré dans la dépression. Elles parlaient de trahison, de vengeance, et parfois de suicide. Elles avaient présenté un vrai danger pour

36

elles-mêmes. Méconnaissables, elles monopolisaient nos toilettes, les bouchaient même parfois, et hibernaient dans un sommeil interminable en plein milieu de notre salon. Tatie Olga toujours à l'écoute de leurs gémissements et de leurs histoires sans queue ni tête faisait preuve d'une grande générosité, ce qui irritait la maisonnée. On se coinçait pour faire de la place à leur misère. Moi, je n'y comprenais rien. Elles passaient du coq-à-l'âne, en bifurquant par le parc à cochons des hommes vaches qu'elles lamentaient. Une vraie ménagerie quoi. « Catherine ne sera pas ma victime, » me répétai-je. « Elle m'est trop précieuse. » Je me remplissais de joie à son contact. J'affectionnais ma zoreille d'un amour tranquille, croissant en douceur. Sa compagnie me rehaussait. Mon esprit exalté repoussait les limites de son propre entendement. Catherine stimulait mon intellect, aiguisait ma sensibilité, et moi dans tout cela, je lui apprenais à jouir du moment, à prendre la vie comme elle venait, et à inviter la joie pour éloigner l'anxiété. Elle perdait de son austérité à mon contact, et ouvrait la bouche pour sourire. Le masque d'épouvantail tombait. Nous nous adonnions à la récolte du présent ; un fruit qui se savoure mieux en l'absence de la critique et du reproche, ces parasites toxiques. Je lui apprenais à ralentir, à prendre le temps de respirer pour exister dans l'extase de la simplicité. J'étais monsieur Pa ni pwoblem. [Y a pas de problèmes].

Quant à Soukeyna, je l'aimais tout bonnement, mais d'un amour impatient, viscéral et jaloux. Elle m'appartenait déjà, pas dans sa chair interdite, mais dans l'esprit et la volonté affirmée. Une relation problématique au corps, à tous les corps, entretenait la distance entre nos deux souffles. Convictions religieuses obligeant, avec elle, tout passait par la palabre. Notre amour platonique aiguisait mon désir refoulé, m'ouvrait l'appétit, et me condamnait aux affres d'une faim non consentie et insatiable. Naïve jusqu'à l'insouciance, Soukeyna ne se rendait jamais compte de la souffrance qu'elle m'imposait. Était-ce donc si enviable d'être une femme sublimée, existant avec force dans les fantasmes d'un homme pourtant désiré, mais jamais chevauché ? Être et demeurer une femme sur piédestal, telle une icône précieuse, sacralisée, objet de culte d'un rite barbare. Que se passerait-il donc si, comme je l'y invitais, elle descendait du socle consécratoire ? Si, rompant la magie d'une abstinence sacrificielle, elle se livrait à sa nature, en l'absence de cette chimère qu'est la vertu ? Si elle arrêtait de régner dans l'idée, et s'engloutissait dans la chair et le péché, au royaume des humains, ici-bas, avec moi ?

***

Je me souviens d'une conversation mal verrouillée entendue à l'improviste quand j'avais dix ans. On disait que je portais la poisse. On m'accusait d'avoir occasionné la mort de mes parents. Plutôt que « on », c'est madame Julienne Colma dit man Yenne, qui m'accusait. La vieille maman de l'oncle par alliance, celle que, sans trop savoir pourquoi, on me forçait encore à appeler grand-mère. Man Yenne divaguait. C'est ce qu'elle faisait le mieux. On aurait dit qu'elle souffrait d'un début d'Alzheimer. Elle prenait ses lubies pour des vessies. C'était bien de sa bouche que les mots les plus blessants sortaient. Ma tante Olga, disait-elle, était la grande sœur de ma mère, l'unique, et par la force des choses me servait aussi maintenant de maman. Man Yenne expliquait tout cela à une de ses rares amies — personne ne la supportait plus vraiment — oubliant que je pouvais l'entendre de la salle de bain où je faisais mes besoins. Mes vrais grands-parents maternels et paternels étaient décédés bien avant ma naissance. Olga était mon unique parente de sang. Je la considérais comme ma maman, ne me souvenant plus de la première. Avant l'âge de sept ans, le sol de ma mémoire n'était pas très fertile. Man Yenne disait qu'à la mort d'un petit chien créole offert à l'occasion de mon cinquième anniversaire je fus saisi d'une profonde tristesse. Il avait avalé le reste de mon pain au chocolat laissé sur une table basse, ainsi que des médicaments qui trainaient. Je vois bien un petit chien dans le flou de ma mémoire, mais celui-là sautait partout et m'effrayait. À chaque fois qu'il me poursuivait, je me réfugiais au-dessus d'une chaise en riant pour tromper ma frayeur. Elle mentait la mégère. Je ne m'y étais jamais attaché à ce chiot. J'avais envie de hurler et, du coup, me sentis constipé, incapable d'extirper la peine qu'elle me causait. Elle insistait, redoublant de malice : la chambre des parents close. Ils ronflaient comme à leur habitude. Ayant voulu faire comme ma mère que je voyais souvent, devant un cierge allumé à l'église, prier pour l'âme de ses parents, je me serais réveillé au beau milieu de la nuit, tel un soukougnan, dans une maison coloniale en bois à structure métallique du même style que ces bicoques de la Louisiane, où mes parents et moi habitions. Possédé par un esprit malin, je me serais rendu au rez-de-chaussée pour allumer une bougie à même le sol et faire des signes cabalistiques à l'aide d'une craie blanche, avant de prier un démon africain pour qu'il me rende mon petit chien. Retourné dans mon lit, je me serais assoupi, oubliant d'éteindre la bougie. Comment madame

Colma pouvait-elle raconter un tel tissu de mensonges ? Me détestait-elle donc à ce point ? Que savait-elle de la vérité ? Des démons, de Dieu, de moi ? Nous n'avions même pas le même sang. Quelle fabulatrice ! Elle aurait dû être là le soir en question.

***

— Je n'ai pas encore décidé de ce que je ferai une fois le diplôme en poche. Ma mère voudrait que je reste en France. Elle n'arrête pas de me rabâcher que nous sommes Françaises, après tout. Elle, oui, je le comprends, mais moi je ne me sens pas du tout Française. Je suis née au Sénégal et ai vécu toute ma vie au Sénégal.

— Tu possèdes donc la nationalité française ?

— Oui, depuis la naissance. Ma mère est moitié antillaise et moitié sénégalaise. Elle l'a eue par son père, et puis nous l'a transmise à mon frère et à moi.

Je ne l'aurais jamais cru si elle ne me l'avait dit elle-même. Plus Africaine, tu meurs ! Quand je la regardais, c'est une attitude qui n'avait d'égale qu'en Afrique que je voyais. Une suffisance hautaine et détachée qui semblait dire, je sais qui je suis, moi. Une nonchalance délibérée, insolente et têtue que nul remous ne semblait perturber, l'esprit enraciné dans une culture millénaire, elle avait appris que s'agiter était vanité.

— Si ta mère est Antillaise et Française de surcroît, comment se fait-il que tu transpires autant l'Afrique ?

42

— Ben, tout simplement parce que l'Afrique m'imprègne et je l'assume. Je suis Africaine, pardi. T'es marrant, toi. Ma mère s'accroche à cette identité des îles, alors qu'elle n'a pas connu son père, ou très peu. Je crois que c'est une réaction au manque. Ou bien, peut-être, une forme de rejet de ce qu'elle a vécu. Son père était militaire de carrière dans l'Armée française. Quand elle avait huit ans, il a quitté ma grand-mère, et l'on ne l'a plus jamais revu. Quand tu rencontreras ma mère, il ne faudra surtout pas gâter son humeur avec ça !

— Pourquoi ? Tu penses me la présenter ?

— Pourquoi pas ? Tu n'es pas mon petit ami ?

— Oui, mais un drôle de petit ami, sans avantages en nature. Je ne sais pas ce que ça fait de moi. Peut-être un tout petit ami.

Finir comme enseignante dans une fac africaine ou européenne représente pour moi l'aboutissement d'un rêve d'enfance. Toutes les femmes d'influence dans mon jeune âge commandaient le verbe et s'en servaient avec panache pour façonner leurs alentours, inculquer à l'entourage des notions de savoir-vivre et d'hygiène. J'aspire moi aussi à devenir une femme d'influence. Je cherche à produire un monde meilleur. Le sous-développement commence dans la tête. Pour s'y soustraire, il faut emmener vers le haut avec soi autant de monde que possible. Devenir professeur d'université exige un doctorat, de longues études. Je ne sais pas encore qui financera tout cela. Certainement pas ma mère.

Quoique chef d'une petite entreprise, elle trime tant bien que mal pour garder la tête hors de l'eau.

Soukeyna était élancée. Elle faisait penser à un mannequin. Elle pourrait facilement épouser un homme riche disposé à l'aider, ou sinon, venir travailler au salon de beauté avec elle, disait sa mère. Boubacar, son jeune frère filait un mauvais coton. Il était influençable. Sa maman voulait l'envoyer en pension à Melun, lui offrir une vie plus structurée ; en tout cas, le soustraire aux mauvaises influences du quartier. Mais le pensionnat coûtait cher. Qui aiderait à le prendre en charge ? Le paternel ne se manifestait plus depuis cinq ans déjà. Il ne donnait rien pour aider la famille. Quand Rokhaya avait quitté le foyer conjugal, meurtrie dans son orgueil, refusant la coépouse qu'il cherchait à lui imposer, plutôt que de se faire houspiller, elle avait préféré renoncer à l'Afrique des traditions qui la lassait, lui préférant l'Afrique du lointain souvenir.

Dans un premier temps avec Boubacar, elle s'était installée à Choisy-le-Roi où elle avait des amies. Pour permettre à Soukeyna de boucler sa scolarité, et parce qu'il lui manquait le sou, elle la laissa avec ses parents. La petite les aiderait. Plus proche des grands-parents traditionnels avec lesquels elle avait passé toute son adolescence, Soukeyna ne comprenait plus cette femme émancipée qu'était devenue sa mère, en porte à faux avec le clan familial dont elle rejetait les croyances. Une fois partie à son tour pour le pays des leucodermes, elle eut beaucoup de mal à s'y faire. Chacun pouvait y faire et dire ce que sa conscience lui dictait ; porter et manger ce qu'il voulait. Comme gardienne de l'honneur des siens, protégeant sa vertu comme une véritable militante, elle rejetait tacitement cette trop grande liberté qu'elle ne comprenait pas autrement que comme un signe de décadence. Ne partageant pas les valeurs de sa mère, elle se terrait dans le silence de sa chambre pour éviter l'affrontement et toutes les conversations déplaisantes qui menaçaient d'ébranler l'harmonie du foyer. Elle n'était pas une Légitimus comme sa mère, mais une Ndiaye. Elle aimait, elle, son Afrique avec toutes ses splendeurs et ses tares. Cet attachement lui coûtait cher dans cette France déjà engourdie par la peur de l'étrange autre.

Douze mois après son arrivée, en fin d'année scolaire, après avoir passé et réussi l'écrit, elle s'était embrouillée avec un professeur venu faire passer les examens oraux.

— Mademoiselle, lui avait-il dit, où avez-vous obtenu votre bac ? Dans une pochette surprise ? Avant de venir ici prendre la place d'un Français, assurez-vous de bien parler et de bien comprendre le français.

— Monsieur, pourquoi cette agression ? avait-elle répliqué. J'ai fréquenté l'école française Jean Mermoz de Dakar, de la maternelle jusqu'au bac, et je vous assure que je comprends le français et le parle correctement. Je trouve votre propos franchement trop injurieux.

— Vous n'êtes pas Mlle Tchibenga ?

— Non. Je suis Soukeyna Ndiaye. Vous vous trompez, mais peu importe. Je refuse de me soumettre à ce type de traitement.

Lorsqu'elle me raconta la scène, je refusai de la croire. Un prof ne pouvait être aussi ignare. Aussi borné. Comment était-ce possible ? Une telle petitesse d'esprit. Ce que je refusai d'accepter s'imposa une autre fois avec une virulence inouïe quand j'accompagnai un pote zaïrois à une réunion organisée à l'intention des Africains du campus. Là, dans un amphithéâtre, en présence d'un ambassadeur africain, plusieurs de nos professeurs s'adonnaient à une débauche intellectuelle déconcertante. Avec abandon et délectation, ils s'amusaient à expliquer à une fourmilière humaine que l'heure du retour avait sonnée. L'Afrique rappelait ses enfants. Il fallait décrocher le combiné, et répondre à l'appel. Il était temps de rentrer, d'abandonner tout espoir d'une vie meilleure dans une Europe qui croulait sous le poids des soucis. Après tout, l'Afrique avait besoin de ses enfants et l'Europe s'époumonait. Cette beaufrerie me bassinait. Que demande-t-on à un chanteur, sinon de chanter ? Que demande-t-on à un prof, sinon de professer son aval pour le diplôme du salut ? Car c'était bien de cela qu'il s'agissait. Du diplôme, puis du salut. Sans aucun doute, l'Afrique réclamait ses enfants, mais ces enfants d'Afrique, pour être libres, n'avaient-ils pas besoin d'une éducation, eux aussi ? N'était-ce pas la raison pour laquelle ils fréquentaient l'université, quel que soit l'endroit où on en

46

trouvait une ? De quel droit leur tenait-on ce faux discours altruiste ? Venez me dire à moi qu'il est temps de rentrer dans l'ailleurs de l'espoir, et gare à vous ! Vous me verrez, vous balancer mes selles à la figure, et vous gribouiller avec. Sans emploi, l'espoir d'une vie meilleure se dessèche au soleil plus vite qu'une peau de banane. Qu'on ose me mentir de la sorte, brader mon humanité au nom du confort de celui qui se veut supérieur, magnanime, grand seigneur, après avoir pillé nos terres, privés de dignité et éreinté nos ancêtres, déstabilisé notre conscience, et organisé notre appauvrissement, et je cracherai avec force mon venin à la face du messager du malheur. Libérez-nous de ces chaînes invisibles qui nous maintiennent dans cette abjecte pénurie organisée, et le retour se fera la tête haute dans la hâte et l'allégresse. Ni maître ni esclave. Ma conscience se moque de vos injonctions. Cette fois, je serai le maître et l'esclave en même temps. L'esclave de ma volonté aveugle, et le maître de mon effort. Pour la première fois, l'ignominie à laquelle ma reine Soukeyna et ses consorts se voyaient confrontés me frappa en pleine face. Je ne pouvais la justifier.

***

Le campus allait fermer pendant une semaine. Je ne voulais plus me retrouver seul. Je redoutais la solitude. Comme à son habitude, profitant des vacances Soukeyna partirait soulager sa mère au salon et gagner un argent mérité. À Château Rouge, le salon ne désemplissait pas. Il fallait une personne de confiance pour tenir la caisse et garder un œil sur les affaires, on ne pouvait pas trop dépendre de la bienveillance du personnel. Je devais donc dire adieu à mes plans, mes désirs de rapprochement, et à toutes mes manigances pour me l'attacher davantage. Rien ne marcherait si Soukeyna n'était pas disponible. Nous nous contenterions à l'occasion donc de roucouler au téléphone pendant ses temps morts.

Quand je reçus l'appel inespéré de Catherine qui m'invitait à partir en amoureux à une station balnéaire, ma déception fut vite remplacée par de l'effervescence. Je m'amusais déjà ! À Fécamp, une ville ducale et abbatiale, en Haute-Normandie, ses grands-parents lui avaient laissé une maison qu'elle décrivait comme minuscule. Au calme sur la côte d'Albâtre, mes pieds seraient liquides, mon

48

poitrail livré à l'embrun, mon esprit aérien rêverait de cocotiers. Pendant son adolescence, pour une raison que je ne comprenais pas encore, Catherine y avait passé le gros de son temps avec eux.

À la gare Saint-Lazare, nous nous installâmes à un bar pour un petit déjeuner tranquille. Le sac à dos posé à nos pieds, à même le sol, je buvais à petites gorgées mesurées un café à l'arôme corsé, observant en silence le faciès séduisant de Catherine pendant qu'elle picorait un croissant du bout des dents. Elle était éclatante, absorbée par son caprice. Elle pouvait être si belle quand elle était heureuse ! J'essayais de comprendre pourquoi elle m'avait choisi. On disait que j'étais beau, grand, et fou comme un lapin. Était-ce donc suffisant ? En fait, il n'y avait rien à comprendre. Le croissant qu'elle pinçait de ses lèvres pour séparer des petits bouts qu'elle laissait ensuite fondre sur une langue preste me maintenait en émoi. À jalouser un croissant, je devais avoir drôlement faim, mais peut-être d'autre chose. Une souffrance indicible m'embrasait, et me rongeait de l'intérieur. Il ne s'agissait point d'une fringale, mais de quelque-chose de plus sinistre. Un manque aigu auquel j'étais accoutumé sans pouvoir le nommer. Ma tête lancinait. Je me sentais perdu. Vidé de toute substance. Anxieux. Je ne savais pas à quel saint me vouer. Je voulais échapper au dégoût que je ressentais pour moi-même, fondre comme le pain dans la bouche de Catherine, et faire corps avec cette chaleur moite. Éliminer toute distance entre elle et moi ; combler les recoins meurtris de mon âme et pour l'heure accepter celle qui

49

m'acceptait. Elle était belle Catherine, ravissante même. Cela la rendait attachante. Avec elle, j'aurai voulu croire qu'il était autant question de sensualité que de compter, et d'exister pour quelqu'un d'autre, enfin.

Assis sur une banquette dans le sens du mouvement du train, nous nous tenions la main, sans y penser, comme ça, pour le plaisir. Parce qu'elle l'avait désiré. Elle avait déposé sa tête sur mon épaule droite et tentait de faire un somme. Sortir de Paris et de ses alentours semblait interminable. De temps à autre, Catherine relevait le menton pour me voler un baiser. On aurait dit qu'elle se jouait de ce que pensaient les autres, les figurants, ceux qu'elle avait cessé de voir. Elle semblait libre et épanouie, ancrée dans notre lien. Je ne me sentais pas encore libre, ni épanoui, et encore moins ancré. J'avais la tête ailleurs. J'aurais voulu qu'elle soit Soukeyna, mais l'abstinence m'effrayait. Je remettais en question ma capacité à tenir le coup. Pourquoi doutais-je tant de moi-même ?

Après les champs de tournesol, ce fut au tour de la moutarde de s'étaler à perte de vue et de dégourdir nos sens de citadins maculés par la grisaille. Et puis deux heures trente plus tard, Fécamp se profilait, « pareil à Fécamp, » disait Catherine. Je ne compris pas ce qu'elle voulait dire. Nous traversions à pied de jolies petites rues pour enfin arriver en face d'un grand pavillon fait de briques et de silex, refoulé dans un écrin de verdure, ombragé par des arbres centenaires. Je

50

m'émerveillais devant ce spectacle inouï, n'en ayant jamais vu, des comme ça. Ce qu'elle qualifiait de minuscule pour moi était énorme. La surface habitable devait bien faire au moins 245 m2. En poussant la porte de bois lourd, Catherine fit voltiger mille éclats de poussière. L'air rance d'une époque périmée agressa nos narines jugulées.

— Je ne viens pas ici souvent. En fait, c'est la vingtième fois que je reviens depuis l'accident. Ça fait douze ans maintenant. Émerveillé, je n'osais lui poser aucune question. Je suis venu cette fois, seulement parce que tu es là, avec moi !

Catherine commençait à dévêtir les meubles, agitant un peu plus la poussière incrustée dans les draps, alors que moi j'ouvrais tout grand les battants des portes et des fenêtres afin de permettre au remugle de se dérober à nos narines offensées. Après le dépoussiérage, il fallait passer l'aspirateur, préparer la couche pour le soir approchant, ranger les vêtements dans de vieilles armoires, et puis faire des courses pour la semaine. Transformer une villégiature à l'abandon en nid d'amour demandait quelques heures que nous entrecoupions de pauses-tendresse. Nous étions des lapins. Il était trop tentant de faire durer les câlins. Mais le ventre avait sa raison que l'intelligence tardait parfois à reconnaître. Nous devions nous presser avant la fermeture des magasins d'alimentation, sinon gare aux dépenses dans les restaurants du coin. Je me sentais mieux maintenant. Catherine avait cet effet calmant sur moi. Avec elle, tout semblait simple et plus facile. Notre désir restait entier, désentravé des jeux puérils de l'indécision. Catherine était une femme qui ne se cherchait plus. Elle s'était trouvée au fond d'un étang de déceptions, il y avait des années déjà. Elle assumait tout, qui elle était, ses défauts, ses qualités, son tout plein d'audace, son effronterie et sa confiance bancale. Elle savait investir un lieu, un moment, un regard, une conscience, sans excuse ou minauderie. Elle affirmait que mon affection lui donnait des ailes. Et elle les déployait avec grâce. J'étais le seul homme devant lequel elle jouait les ingénues, un rôle ô combien libertin de fille-fleur ! J'avais pris possession de son cœur, de son esprit et de son corps, intégralement. Je l'assumais, elle m'appartenait chair et âme, ne s'en défendant plus ; elle s'abandonnait dans le rythme de mon souffle, les recoins de mon corps, la langueur de mon tempérament. La présence de son amoureux, comme un baume, lui ôtait jusqu'à l'idée de la mort. Elle agrippait le bonheur par les fesses, économisait les mots, ceux-là mêmes qui lui avaient coûté si cher dans des relations plus mouvementées. Livrée au présent, ligotée par ce qu'elle appelait mon charme, engoncée dans l'extase d'un désir sans cesse renouvelé, elle couinait goulûment. Catherine ne remarquait plus, dans la rue, la désapprobation de visages inconnus exténués par la jalousie ou le dégoût. Elle avait appris à niaiser les préjugés par un désaveu cocasse. Elle se donnait une claque retentissante sur une fesse – source de ma dévotion – trop ronde et trop grosse pour être celle d'une

Française de souche. L'amour la bousculait déjà. Elle lâchait prise plus volontiers. Moi qui ne cherchais qu'à savourer le temps, je trouvais les humains insupportables tant ils avaient à cœur de contrôler autrui. Catherine, maintenant divinement agréable, s'y essayait graduellement par l'introduction d'une nouvelle expression dans nos conversations : l'amour.

Il se faisait tard. Au salon, devant une télé animée, lovés l'un contre l'autre au fond d'un canapé de cuir dur, nous somnolions, nous efforçant d'accrocher à une émission qui ne nous disait plus rien. Soudain, la sonnerie impatiente d'un portable brisa la stupeur de nos deux corps affalés. Plus qu'un tintamarre, il s'agissait d'une véritable agression. Qui osait ainsi appeler si tard dans la nuit ? Faire ce boucan ? Catherine se leva, ramassa son sac assoupi sur la table à manger, et en tira son appareil.

— Non. Ce n'est pas le mien, dit-elle.

Je titubais vers le portemanteau du vestibule où se trouvait mon blouson. Une des poches était éclairée, elle vibrait encore. Je fis taire la sonnerie, puis éteignis péremptoirement le portable, à la stupéfaction de Catherine.

— Pourquoi ne réponds-tu pas ? me demanda-t-elle.

— Il est tard. Je ne veux encourager personne à nous déranger à une heure pareille.

— C'était qui ?

Faisant mine de n'avoir pas entendu la question, ouvrant les deux bras vers le plafond en forme de V l'air de dire « Aucune idée, et je m'en tape », je me mis à bâiller bruyamment, et me dirigeai d'un pas rapide vers les toilettes espérant que Catherine laisserait tomber l'interrogation. Elle était restée pantoise au même endroit où je l'avais laissé lorsque je réémergeai. Je fis quelques pas vers elle, la serrai dans mes bras et l'embrassai dans le cou.

— Cool Raoul. J'ai compris.

— Allons-nous coucher. Je suis claqué.

Elle sentait qu'insister compromettrait l'entente qui régnait. Je sombrais dans un sommeil cadencé et, comme dans un rêve, me surprenais à ronfler. Je sentais la cuisse baladeuse de Catherine déployée sur le lit me chevaucher. Telle que je la connaissais, j'imaginais bien qu'elle chercherait à savoir plus, à en avoir le cœur net. Elle se glisserait hors du lit à la recherche du portable, et l'allumerait. Grande serait sa surprise, je comptais sur mon nouveau mot de passe. Après de multiples tentatives de décodage, le portable se bloquerait. Frustrée, Catherine retournerait se coucher. J'avais pensé à tout, mais d'une façon ou d'une autre, elle tenterait d'obtenir gain de cause. Savoir, c'était prévoir. Sa détermination était sans bornes.

— Si elle avait su ce que je savais, elle m'aurait tué !

Surfaites, ces femmes d'Afrique et des Antilles, coquettes et vaines, ne plaisaient guère à Soukeyna. Elles faisaient la causette à tue-tête, remplissant le salon de sa mère de leurs cancans. On pouvait remplir tout un journal de leur bavardage. Un vacarme incessant. Josette, son esthéticienne préférée, passait du temps chaque jour au fond du salon dans un coin-cuisine aménagé, à mariner des acras qu'elles vendaient aux clientes pour les aider à patienter. Miss Ébène et Amina circulaient de main en main et jamais Soukeyna n'y attardait son attention. Des femmes trop maquillées et trop dévergondées à son goût s'affichaient sur toutes les pages offensant sa moralité. Elle observait sa mère pensive du coin d'un œil courroucé. Le plus impardonnable de ses crimes, jugeait-elle, avait été de se transformer en baobab sans racines, d'avoir abandonné la coutume. Elle n'avait pas non plus daigné aménager un petit coin pour la prière. Sacrilège. Outrage impardonnable ! Elle la reluquait d'un air désapprobateur, occupé à manipuler des liasses de gros billets et des chèques. Il fallait subtiliser ce butin à la convoitise des gobe-mouches. Elle chargerait Soukeyna de déposer le pécule à la banque. La petite devait se rendre plus utile, ne pas toiser les becs qui la nourrissaient, et se montrer digne de leur confiance. Le travail et les responsabilités sauraient avoir raison de ses allées et venues sur les nuages, et autres ruminations mystiques. Le pain se gagne sur Terre. Un jour peut-être elle reprendrait le salon. Avant de rentrer ce soir, Rokhaya passerait à la banque vérifier si les transactions du matin avaient été correctement effectuées. Elle voulait lui faire confiance, mais allait vérifier quand même. C'est comme ça que l'on réussit en affaires. On fait confiance, mais on vérifie quand même. Elle y déposerait aussi la recette de l'après-midi. Elle savait sans savoir que sa fille ne la décevrait pas. Elle semblait fiable, intègre, pas légère du tout, ni vénal comme certaines employées. Un jour, il faudra que Soukeyna se réveille, la tête fertile ancrée sur Terre.

***

— Aujourd'hui, tu vas rencontrer des membres de ma famille. Ils seront là à midi.

— Tu as décidé ça quand ?

« Et moi qui croyais qu'elle ne voulait que s'amuser. Elle me surprenait encore. »

— Juste avant de prendre le train hier.

Catherine tenait à recevoir son beau monde au jardin. Il fallait couper les herbes folles, tondre le gazon, faire sortir tables et chaises du cagibi, y mettre les couverts, se raser pour être présentable, et surtout, arrêter de paniquer. Qu'allait-on penser de moi ? Les choses devenaient sérieuses.

Catherine s'affairait dans la cuisine, décidée à sortir le grand jeu pour des palais carnivores. Amuse-gueules, apéro, gigot d'agneau, pâté en terrine, un parmentier de canard, une mousseline de saumon, un gratin dauphinois, le tout accompagné de crudités à gogo. Il y aurait aussi de la tarte aux pommes pour le dessert.

Les deux ailes de mon nez palpitaient, chatouillées par les aromates et les senteurs qui émanaient de la cuisine pour témoigner des talents affirmés de celle qui se voulait ma dulcinée. J'allais enfin rencontrer les proches dont elle ne parlait

57

jamais. Catherine s'absenta pour faire une petite course de dernière minute.

Une demie heure plus tard, à travers la fenêtre, je crus l'apercevoir, soudain inexplicablement, elle semblait épuisée, étourdie même. Avait-elle oublié ses clefs ? En ouvrant la porte, je m'apprêtais à lui faire un reproche quand une impression surréelle de voguer en plein futur m'interloqua. La femme enjouée qui avançait droit sur moi n'était pas Catherine. Elle lui ressemblait, mais ses cheveux à elle mélangeaient le sel et le poivre. À 32 ans, ceux de Catherine étaient bien foncés. La mine joviale dissimulait mal quelques fines rides jeunes sur un visage défraîchi, soit par désinvolture, ou réelle absence de coquetterie. Et puis ces vêtements ne correspondaient pas du tout au style de Catherine. Ils étaient trop simples, trop funestes, trop formels, pour une femme aussi trépidante de vie.

— Mais, vous n'êtes pas Catherine ? J'ai cru un instant que…

— Bonjour. Non. Je suis Sylvie, sa cousine. Ça nous arrive tout le temps qu'on se méprenne. Cela semble moins lui plaire qu'à moi.

— La ressemblance est flagrante. Enchanté. Je suis Alain.

— Je sais qui vous êtes. Elle m'a beaucoup parlé de vous. On peut se tutoyer ?

Dans les minutes qui suivirent, un groupe tapageur de cinq débarqua, suivi de Catherine qui leur emboîtait le pas, les mains libres. Elle les avait tous mis à contribution. Laissant peu de temps à ma timidité de prendre le dessus, on m'embrassait déjà, me serrait la main, heureux de me rencontrer pour la première fois, comme si l'on me connaissait déjà. Tout le monde se relâchait, prenait ses aises. Il ne me restait donc qu'à aérer mon cerveau, me mettre à l'aise, et prendre une attitude désinvolte. J'étais en terrain ouvert. C'est à croire que personne ne remarquait que je fusse noir. Cela ne semblait avoir aucune importance. Je me ravisai, repris mon souffle et m'affaissai dans le plus grand fauteuil à la tête du salon m'enquérant du nom de chaque invité. Majestueux dans mon rôle d'hôte, j'enchaînais les plaisanteries. Je faisais un peu comme tonton Dédé. Catherine ressortit de la cuisine, fraîche comme une fleur, puis se dirigea vers moi. Elle se laissa chuter sans ménagement sur mes cuisses. Une conversation animée suivait son cours. Ludovic, le cousin le plus ventru et le plus âgé, notait à quel point les occasions de se retrouver en famille se faisaient rares. Ils étaient tous décidément trop occupés. Personne ne savait ou ne voulait plus prendre le temps de cultiver les liens familiaux. Ce qui importait dans la vie, disait-il, c'était la famille et la santé. D'ailleurs, l'un allait avec l'autre. Il fallait saisir ce temps fugace, ne pas se laisser cannibaliser par les circonstances. Le brouhaha qui s'ensuivit me permit de me faire une idée de la personnalité de chacun. Ludovic aimait faire dans la provocation. Il remuait les sentiments qui dérangeaient avec la dextérité d'un jongleur. Magali, la plus jeune, lui jetait des regards froids et désapprobateurs. Chloé, jeune femme élégante, de l'âge de Catherine, lui souriait, hochant la tête en signe d'intérêt amusé.

— Nous nous améliorons, dit-elle. Avant l'accident, c'était pire.

De quoi parlait-elle ? De quel accident ? C'était la deuxième fois que quelqu'un faisait allusion à un accident. Je n'osais pas demander. Benoît, le petit frère de Catherine, ricanait, le verre de liqueur Bénédictine à la lèvre, la Bénéc pour les intimes. Nous allions, je le sentais, devenir de bons potes. Il était à peine plus vieux que moi et avait trinqué à ma santé.

— À chaque rencontre, Ludovic ressasse la même conversation fatiguée, disait-il. C'est comme un disque rayé.

Drôle de famille, me disais-je. Ils se rencontraient pour déplorer le fait qu'ils ne se voyaient jamais. Cette rencontre fut instructive à plus d'un titre.

Avant de partir, Sylvie me lança « Bonne chance ». Je ne compris pas pourquoi.

Le soir, allongée sur le lit, Catherine disait vouloir que je sache tout d'elle. « Je suis née dans une famille de vipères. Parmi des gens pour qui, rien, mais alors rien, n'était plus important que de gagner des sous. Mon père ne pensait qu'à ça. Son commerce le retenait loin de nous jusqu'à des heures impossibles. Peut-être bien cherchait-il à éviter ma mère frigide des pieds à la tête. Je l'avais entendu le dire une fois. Elle lui réclamait sans cesse des sous. Il n'y en avait jamais assez, à son goût. Pourtant, matériellement, nous ne manquions de rien. Mes parents trouvaient indécentes toute effusion, toutes manifestations d'affection, donc, je les ai toujours vouvoyés. Il ne

60

s'agissait point de pudeur, mais d'un réel malaise à afficher ses sentiments. Je crois même qu'ils ne s'aimaient pas. Ils faisaient chambre à part. Le contact physique restait tabou dans notre grande maison froide.

Je n'aimais pas mes parents. Je suis sûre qu'ils ne m'affectionnaient guère non plus. Ils avaient souhaité un fils. Et à leur surprise, c'est moi qui sortis. Benoît est arrivé deux années plus tard. Il fallait les voir dans les photos. C'est comme s'ils avaient gagné le gros lot. Ils étaient lamentables. Je pleure parfois encore quand j'essaye d'imaginer ce que ma vie aurait pu devenir si mes parents m'avaient aimée, un tant soit peu. Ils m'ont blessé à un niveau cellulaire. Leur inattention autorisa le pire. Mais, j'ai quand même beaucoup été aimée, par les servantes qui, privées de leurs enfants en semaine, jetaient leur dévolu sur moi.

Lorsque je leur ai appris que le cher frère de monsieur mon papa chéri me tripotait parfois, à peine les mots prononcés, ils m'ordonnèrent de me taire. Ils criaient pour noyer mes accusations. L'attouchement était un sujet sérieux. On ne badinait pas avec ça. Je voulais disparaître, ne plus exister. Ils me traitaient de fabulatrice. Je voyais la peur dans leurs yeux, la lâcheté aussi. Pendant mon enfance, l'oncle nous rapportait toutes sortes d'objets fascinants et exotiques. C'était un homme rustre, mais excitant, amusant et farfelu, pas poltron comme mon père. Il avait l'habitude d'être obéi, et d'obtenir ce qu'il voulait. J'en avais un peu peur. Sa personnalité imposait le respect. Il se dégageait de lui un fort magnétisme. En dépit d'une apparence affable, du mercure lui coulait dans les veines. Un vrai roublard. Le déni de mes parents, je l'appris plus tard, fut motivé par la grande dépendance dans laquelle ils se trouvaient vis-à-vis de lui, et tout l'argent qu'ils lui devaient. Au début, en me parlant, ce maudit oncle s'était contenté de laisser traîner une main baladeuse sur mon épaule insouciante, comme s'il voulait m'habituer à son toucher toxique. Puis, il avait insisté pour que je m'asseye sur ses jambes, comme quand j'étais petite. Cet homme était le bienfaiteur de mes parents. Celui qui leur avait évité la banqueroute. Je ne comprenais pas pourquoi des gens censés me protéger me sacrifiaient de la sorte à l'autel de leur opportunisme. Personne ne sait exactement comment il avait fait fortune. Les rumeurs faisaient état de trafic d'armes et de proxénétisme. Il dirigeait une entreprise d'import-export, ça, c'est le seul fait établi.

Un jour, prétextant vouloir me faire du bien, malgré mes cris, profitant de l'absence de mes parents, il s'est forcé sur moi et m'a violé. J'ai eu très mal, mais je n'ai rien dit. Ça ne servait à rien ! Je ne pouvais plus en parler. On ne m'aurait pas cru. Je dérangeais assez déjà. Mais ça s'est su quand même. Non content de me violer, il viola aussi ma cousine. Une autre de ses nièces, la fille de sa sœur, à peine plus âgée que moi. Sans tarder, ma tante porta plainte, et insista pour qu'on envoie ce maudit frère en taule. Il avait violé sa fille unique, Sylvie. Celle que tu as rencontrée aujourd'hui, et dont on dit qu'elle me ressemble. Nous avons dû tout raconter, elle et moi et, cette fois, tout le monde m'a cru aussi. La justice s'en est mêlée, des médecins et des psychiatres aussi. Sylvie et moi avons été l'objet d'un suivi intense et de longue haleine. Mes parents ont été mis à l'index. Ils savaient et n'avaient rien dit, rien fait. C'est après cela que mes grands-parents sont venus me récupérer à la sortie de l'école. J'avais quinze ans. Je vivais ici, dans cette maison avec eux. La famille étendue n'a pas survécu au scandale. Elle a éclaté. Certains ne se parlent plus. Le juge attribua ma garde légale à mes grands-parents. Il jugea mes parents indignes, les traita de perfides et ignobles tas d'immondices et exprima le souhait de les faire payer pour ce qu'il qualifiait de complicité ou non-assistance, j'oublie. Ils avaient su et n'avaient rien fait. Huit mois plus tard, madame ma mère décéda d'un cancer non diagnostiqué. Je crois plutôt que c'est la honte qui la tua. Je ne pus me résoudre à pleurer. Si des larmes finirent par couler, c'est à cause de la tristesse que j'éprouvais à ne rien ressentir pour elle. Dans mon esprit, elle ne pouvait être ma mère, il devait y avoir eu erreur sur la personne. Cette femme de pierre avait la tendresse impossible.

Un an après sa disparition, mon père se remariait avec une de ses anciennes assistantes, en vérité sa maîtresse de toujours. Elle ne me manifestait qu'indifférence. J'étais la fille de ma mère. Très vite, je renonçai à toutes visites. Mon père ne s'en plaignit jamais. Donc, nous sommes restés comme ça, loin l'un de l'autre, sans communiquer, ou très rarement. Mais, j'avais gardé le contact avec mon petit frère que j'adore, Benoît. Je le voyais fréquemment, grâce aux grands-parents. Ce n'est qu'à leurs obsèques que j'ai revu mon père. En revenant de la messe, ils ont été tués par un automobiliste impatient en état d'ivresse. J'avais vingt ans. Mon père était un homme encore accablé par les dettes, et les problèmes conjugaux. Il dût pourtant avec l'aide de sa sœur enterrer ses parents. Il parlait peu. Toute sa vie durant, une femme l'avait mené à la baguette. Je lui en voudrais toujours d'être si faible. Mes grands-parents ne lui ont rien laissé ni à lui ni à son frère. Ils ont tout partagé entre ma tante et moi. Ils m'ont laissé cette maison, l'appartement de Paris, des terres et une partie de leurs économies. Mon oncle est mort en prison il y a juste quelques années d'une saloperie qu'il avait chopée lors de ses multiples voyages.   Voilà, à présent tu sais tout. »

Dans la chambre à coucher, ce soir-là, après une lente et douce osmose amoureuse affranchie de tout souci de performance, je contemplais le plafond dans le silence, tétanisé par tout ce qui m'avait été révélé. Pendant une heure, mon esprit errait. Il y avait tant de souffrances partout, même loin des quartiers défavorisés ! Les hommes souffraient tous, à un moment ou à un autre de leur vie, dans leur chair, dans leur esprit ou dans leur imaginaire. Je branchai mon portable pour le recharger, en diminuai la sonnerie, et le déposai sur la table de chevet de mon côté du lit. Catherine faisait mine de dormir déjà profondément, excédée par tant de souvenirs. Elle m'avait attendri, mais je n'étais pas dupe. Connaissant mes petites habitudes, elle attendait certainement mon départ pour la salle de bains. Je me brosserai les dents, puis me laverai le visage avant d'uriner, dans cet ordre, et puis je me mettrai au lit pour dormir. Dans cinq minutes, l'écran du téléphone se verrouillerait. Juste assez de temps pour interroger les appels et les mails.

Catherine parcourut les fenêtres de plusieurs applications à la recherche d'informations compromettantes. Le dernier appel d'une femme autre qu'elle-même ou de tatie Olga datait d'un mois déjà. Aucune trace de l'appel de la veille qu'elle cherchait désespérément. Les seuls mails non éliminés de Soukeyna me réclamaient des notes de cours manqués. Rien de bien méchant. Catherine saisit l'adresse avant de poser le téléphone dans sa position initiale. Puis le cœur serré, la curiosité en rade, elle reprit son faux profond sommeil. Trois minutes plus tard, je me glissais sous les draps jetant un œil satisfait et coquin à mon portable.

***

La cité de grande banlieue était moderne, et encore propre. Très peu de monde traînait dehors. Ici et là, on apercevait des personnes âgées esseulées victimes du temps qui passe ; des mamans et leur marmaille en route vers une aire de jeu, et des nettoyeurs municipaux imbus de leurs personnes, responsables de la salubrité des lieux. La délinquance gardait un profil bas. Elle cherchait l'ombre pour se faire oublier. C'était mieux comme ça pour les affaires. Elle sévissait dans les sous-sols ou des adultes timorés ne daignaient guère mettre les pieds. Ceux qu'on y trouvait se considéraient plus comme des spéculateurs en herbe que comme de vulgaires délinquants, question de cachet. Un contrat tacite existait entre eux et le reste de la communauté. Tant que chacun restait à sa place et gardait ses distances, on éviterait les débordements. Rokhaya se doutait que Boubacar traînait dans les sous-sols quand il n'était pas à l'école. Sinon comment expliquer les belles paires de tennis toutes neuves qu'il avait aux pieds quand, au détour d'une rue en plein centre-ville, elle tomba sur lui ? Elle ne se rappelait pas les lui avoir achetées. Une fois de retour à l'appartement, elles avaient disparu, remplacées par les chaussures éculées avec lesquelles il s'était rendu à l'école le matin. En surface, le calme prévalait. La police hésitait à intervenir dans la cité. Elle avait trop peur d'être désignée du doigt comme étant le véritable fomenteur de trouble. Pour Rokhaya, cette situation était devenue insupportable. Elle craignait le pire pour son fils. Tout un édifice de moralité inculquée s'ébranlait. Elle culpabilisait, et se sentait fautive. C'est elle qui avait mené sa famille dans ce paradis trompeur où l'argent facile menaçait de faire la peau à sa progéniture. Elle ne le supporterait pas. La grande famille au pays, imprégnée d'une sensibilité islamique, ne le lui pardonnerait pas non plus.

***

Le reste de la semaine, Catherine m'amenait visiter la région à vélo. Nous les louâmes à l'Office Intercommunal de tourisme, et descendîmes sur la plage, contemplâmes longuement le panorama imprenable des hautes falaises blanches, roulâmes jusqu'au port de plaisance que nous visitâmes, puis au Palais Bénédictine, à sa distillerie, et enfin à l'Abbaye de la Trinité. Nous vîmes tout ce qui donnait à la région son charme. Nous nous empiffrâmes un soir devant un coucher de soleil magnifique à la Croisette, un petit restaurant en bord de mer qui offrait une vue inégalable. Servir de guide dans la petite ville où elle avait passé sa jeunesse enchantait Catherine. En amoureux, nous retournâmes plusieurs fois sur la plage pour de longues balades. Sentir le sable du printemps sous nos pieds nus déclenchait une sensation de profonde sérénité chez des enfants de la côte. Nous avions cette appartenance en commun. La brise fine ajoutait au sentiment de quiétude qui nous engouffrait sous les étoiles. Nous étions connectés dans le silence de nos pensées. Livrés aux frissonnements de la nature, nous nous laissions planer comme des feuilles mortes au gré de nos élans. Ma duplicité m'agaçait. Je devais tout de même oser être honnête avec Catherine. Du moins, je cherchais à m'en convaincre.

Les voisins qui veillaient, souriaient de voir la maison triste et déprimée reprendre des couleurs. Elle revivait. C'était si bon pour le moral du quartier. Nos voix vives, la musique lointaine, tout aussi endiablée, emballaient l'atmosphère. Nos éclats de rire soudains provoquaient l'hilarité du voisinage. Tout ce qui provenait de nos fenêtres enchantait. La rue palpait des soupçons de notre bonheur, et se souvenait à quel point cette maison avait connu le chagrin. Quand nous ne dansions pas à moitié nus sur un rock décadent, Catherine et moi nous occupions au jardin à planter des fleurs. Je le sentais, elle cherchait l'instant propice pour ramener sur le tapis l'appel ignoré. Chaque jour, elle agonisait, refusant de rompre la magie du moment. Un prochain appel évacué fournirait l'excuse qu'elle recherchait. Ne point savoir la démangeait. Elle ne se doutait pas un instant que mon portable docile se taisait, même s'il me réclamait bien une dizaine de fois chaque jour sans qu'elle puisse en entendre la sonnerie. Assis sur les toilettes, j'envoyais des textes en réponse aux appels sourds. Faire primer l'harmonie, mentir par omission si besoin était, pour que la nature humaine ne vienne pas entacher le sourire, pour atténuer la blessure d'un cœur suffisamment amoché, cela pouvait parfois passer aussi pour une vraie preuve d'affection. Un coup de fil de la mauvaise personne ferait basculer, comme un château de cartes, une entente fragile, un rapport de force renégocié. Tout tenait à un fil. La trame de nos vies formait déjà des conjugaisons déclinantes.

Moi aussi, je voulais qu'elle connaisse tout de moi. Et puis j'osai :

— Je me considère une âme vieille dans un corps de jouvenceau. J'ai dû grandir hâtivement, entouré de personnes dans la force de l'âge. J'ai vécu avec mes parents jusqu'à ma cinquième année. Puis ma tante m'a récupéré. Sais-tu pourquoi chez elle on ne trouvait ni briquet ni allumette ?

— Non.

— Même sa cuisinière était en plaque vitrocéramique.

— Alain ! Qu'est-ce que tu racontes ? Tu disjonctes.

— Tu sais pourquoi ? C'est parce que mes parents sont morts dans un incendie qu'on m'a accusé d'avoir causé.

— C'est horrible !

— Cette accusation pèse encore sur ma conscience. Toute ma vie, elle m'a harcelé. Ce qui me motive aujourd'hui, c'est le besoin prenant de trouver un espace de confiance, une certaine stabilité, un ventre mou arable sur lequel construire une existence paisible, trouver le repos, ma vraie place, fonder une tribu dans laquelle mon espoir prendra tout son sens, car je serai accepté sans réserve, et enfin je servirai à quelque chose de positif. Je ne serai plus ce repoussoir. J'aspire à être vu autrement que comme ce problème qui effraie.

En dépit de tout ce que tu pourrais croire, je ne suis guère motivé par le sexe. Ça fait partie des choses de la vie, bien sûr. Ça m'intéresse et contribue à mon bien-être. J'assume le fait que j'aime te toucher, mais en fin de compte, le sexe n'a jamais pu remplacer chez moi cet immense besoin de connexion. C'est juste un raccourci. Ma seule ancre sur cette terre a toujours été ma tante, Olga. De nos jours, elle est à la retraite, et plus préoccupée par ses nombreux petits-enfants, que par moi. Comme il se doit, je suis livré à moi-même, responsable de ma propre existence. Sans son aide, j'aurais depuis longtemps été, soit mort, soit délinquant, oublié au fin fond d'un cachot. Je suis si fatigué de porter mon fardeau.

— Je ne savais pas que toi aussi tu souffrais. Tu parais si joyeux, si insouciant.

— Tout le monde souffre d'une façon ou d'une autre. Cette fille avec laquelle tu m'as vu. Mon amie, Soukeyna. Je sais que tu ne l'aimes pas. Mais tu dois comprendre qu'il y a quelque chose de viscéral qui m'attache à elle. Je ne sais pas encore ce que c'est.

— Fais attention à ce que tu me racontes là.

Catherine se mit à faire la tête, mais elle écoutait quand même, plus distraitement cette fois.

— Même si je t'affectionne tout particulièrement, je pense à la maman que je n'ai pas connue quand je suis avec elle. Son amitié me permet de croire que la personne que je suis est digne d'un peu de compassion. J'ai besoin d'elle autant que j'ai besoin de toi. Elle et moi, ne pourrions être plus différents. Elle a des certitudes, alors que moi je doute de tout. Il est maintenant clair qu'au-delà de nos différences, nous avons, toi et moi, beaucoup plus de choses en commun. Une souffrance nous ronge tous les deux. Elle influence notre ressenti, et façonne nos personnalités. Cette réalisation me libère et, en quelque sorte, m'autorise à te désirer davantage.

— Tu m'as fait peur ! Contente d'entendre ça.

— Le fait est que, tant que je n'aurai pas une certaine plénitude, une emprise sur mon avenir, tant que cette paix intérieure dont j'ai absolument besoin manquera, je ne pourrai renoncer à personne, à aucune bribe d'amitié. Ni à toi ni à elle. Toutes les deux, vous représentez un cordon ombilical, vous m'aidez un peu à vivre, à combattre ces démons qui parfois me plongent dans l'abîme. Toi plus qu'elle. Tu me donnes de l'espoir.

— Alain. Ça suffit. Arrête. Je t'en supplie. Ressaisis-toi. Ne sois pas si mélodramatique !

— La vie est si fragile, Catherine. On nous l'enlève comme ça, en l'espace d'un clin d'œil. Je veux vivre, vraiment, pleinement, chaque jour, comme s'il était le dernier. Et j'ai besoin de toi pour ça. Ma vie cherche une source d'énergie. C'est peut-être toi, Catherine.

En fin de semaine, aucune distance, crainte ou appréhension, aucun mur ne subsistait entre Catherine et moi. Ils s'étaient tous écroulés. Nous avions franchi un pas psychologique décisif, susceptible de sceller notre complicité pour toujours. Les attouchements répétés comme un rite religieux, la mièvre vulnérabilité manifestée lors de conversations à cœurs ouverts, les gestes amoureux au quotidien avaient tous eu raison d'une existence atomisée, éclatée, flottante, et sans attaches réelles. Catherine avait habilement œuvré pour m'assujettir, dompter son étalon, et dissiper ses propres craintes. En prenant le risque d'ouvrir ses tripes, elle m'avait transformé. Elle aussi avait changé. Elle avait baissé la garde. Aucune femme ne pourrait lui subtiliser celui qu'elle avait marqué au fer rouge de son désir. Nous avions, elle et moi, tous les deux accepté qu'au-delà de la recherche avide du plaisir, nous fussions dorénavant unis par des valeurs, des croyances, une rock attitude, et des attentes. Nous recherchions tous deux, à tâtons, les mêmes repères, une affiliation, et la quête aveugle d'une symbiose plus complète. Nous rejetions le monde trop étriqué tel qu'on nous l'avait appris. Notre relation avait gagné en profondeur, et comportait maintenant une dimension spirituelle. Elle préfaçait un commentaire implicite sur notre société et signalait une prise de position politique. Nos races n'importaient plus, elles fondaient dans le désir. L'essentiel restait notre souffle, cette impulsion primaire, le lien vital intensément ressenti. C'est elle même qu'elle avait domptée, Catherine, et mis à ma botte. Mes assauts fébriles et ma patience avaient eu raison de sa folie libertine. Mais ça, je le taisais.

***

De retour à Paris, rechignant à une séparation brutale en pleine gare, Catherine m'invita, elle insistait même, à déjeuner à un restaurant haut de gamme, exclusif, et tout le tralala, tenu par un ami de son grand-père où elle avait de longue date, ses entrées. Il fallait marquer le coup, disait-elle. J'avais changé pour le meilleur, et enfin appris à l'aimer autrement. Un tel tournant se fêtait. L'établissement avalait l'argent des bourgeois, des hommes et femmes d'affaires, et des diplomates du monde entier. On y voyait la jet set parisienne, et des couples âgés, élégants, en quête d'émotions fortes dans leurs plats. On appelait ça la gastronomie. Après avoir traversé la rue d'une démarche gaillarde, juste en face de l'entrée affriolante de l'établissement cossu, notre couple mixte désinvolte se faufilait entre des voitures de marque prêtes à se laisser mener à un garage surveillé. Nous nous préparions à dépasser le stand des valets affublés d'un uniforme guindé. Assumant à la perfection nos jeans et notre coton estival, nous nous pavanions comme des modèles de catalogue, l'allure folâtre, quand un homme large, à la mâchoire carrée, dominant, attifé d'un

74

costume classique, découpé par un grand couturier, réclama mon attention. Avec une autorité offensante, il tendait vers moi, dans un cliquetis insupportable, au bout d'un poignet garni d'une montre lourde, des clefs de voiture qui pendaient, agitées par deux doigts poilus et grossiers. L'étoile à trois branches du logo Mercedes miroitait. Sa compagne, une starlette aussi suffisante que lui, sortait de la grosse S550 pour lui emboîter le pas. Que me voulait-il donc ? Ah, je compris vite. Il désirait jouer au jeu du colon et du colonisé avec moi ? Les Noirs étant de grands enfants, je jouerai donc volontiers avec lui, mais cette fois seulement. Débarrassant ses doigts reconnaissants des clefs, avec un rire diabolique et le regard coquin, je les balançai de toutes mes forces de l'autre côté de la chaussée. La starlette affolée se mit à hurler. L'homme portemanteau fit volte-face, mauvais joueur, il se rua sur moi pour m'asséner des coups de poing. Il avait tout vu dans le reflet de la vitrine. Plus rapide et moins lourd, j'esquivais ses attaques tant bien que mal, tel un boxeur aguerri. Comme un arbitre, Catherine s'agitait, hurlant à son tour pour qu'on me vînt à l'aide. La police fut convoquée. Le personnel du restaurant intervint. Tout le monde la connaissait comme la nièce du patron. Un des jeunes gars chargés de ranger les voitures fonça dans la rue à la recherche des clefs. Le caïd maîtrisé et immobilisé, l'humeur assassine, il gueulait maintenant à tue-tête. Il allait, disait-il, me faire la peau. Catherine refusa de quitter les lieux comme je l'y exhortais. La proie avait pourtant échappé au prédateur.

Souhaitait-elle ma mort ? Devant la police, elle me défendit avec la véhémence inouïe d'une mère poule déployant ses ailes de toute leur envergure. Elle occupait toute la place, et monopolisait l'attention des gardiens de la paix bourgeoise. La police classa l'affaire d'un salut du képi. Après tout, le conducteur de l'auto avait lui-même livré les clefs de son véhicule de son plein gré à un passant qui, en les acceptant et en les balançant, n'avait rien fait d'illégal, même si l'acte pouvait paraître immoral et répréhensible. Elle savait argumenter. Catherine et moi fûmes finalement autorisés à nous installer à une table au beau milieu du restaurant, sous les regards confus et perplexes de clients qui avaient assisté à la scène. Certains affichaient leur amusement, et d'autres, leur répulsion. Moi, j'étais heureux d'avoir choqué le bourgeois. Le déjeuner offert par la maison, arrosé de vins aux noms imprononçables, fut exquis. Je m'en léchais les babines en public. Si j'en doutais encore, l'encanaillement de Catherine confirmait déjà son dévouement. Mon combat devenait son combat. Ce soir-là, je ne rentrai pas à mon studio. Quand une Blanche devenait Noire, ça se fêtait. Et on ne laissait pas une Négresse blanche seule dans la rue.

***

Le samedi de la semaine suivante dans la matinée, il me fallut près de deux heures pour me rendre à la cité de Soukeyna. Sa mère et elle m'avaient invité à déjeuner. Le RER me déposa dans un bled perdu, mi-ville mi-campagne. Une fois-là, je sautai comme indiqué, dans un bus, avec quelques rares autres personnes. Le parcours semblait long et fastidieux. Je ne le referai pas de sitôt. Ça, je le savais déjà. Pourquoi donc sa mère était-elle venue se terrer aussi loin alors qu'elle travaillait en plein Paris ? Je n'y comprenais rien. Le chauffeur de bus annonça mon arrêt et me laissa descendre dans un quartier moderne où le nombre des immigrés, immédiatement, me paraissait bien supérieur au nombre des Français de souche. Je ne m'y attendais pas, si loin des centres urbains. Calme en apparence, la cité était semblable à nombre d'autres agglomérations avec sa multitude d'antennes paraboliques logées en dehors des balcons contre les parois des immeubles. Mon papier à la main, je cherchais la bonne adresse. Je frappais à une porte bleue du deuxième étage d'un bâtiment immaculé. Un sourire chaleureux aux lèvres, une dame

77

éblouissante drapée dans un boubou jaune-or brodé, un Bazin éclatant, ouvrit la porte. Je me présentai. Elle m'accola, me drapa dans son tissu brillant, faisant trêve des formalités. Après la bise, d'un geste gracieux de la main, elle m'invitait au salon. Je devais rêver ? Comment était-ce possible ? Elle était encore plus belle que Soukeyna. Des mèches brésiliennes lui tombaient sur la nuque. Comme si déjà elle aussi voulait m'ouvrir son cœur, elle se comportait avec moi avec aisance et familiarité. Je sentais la confiance monter. Je ne savais pas son âge, mais je voyais qu'elle faisait jeune.

Pour cacher mon émoi, je feignis un détachement désinvolte. Le Bissap était doux, frappé, et rafraîchissant. Je ne comprenais pas pourquoi en Guadeloupe on n'en consommait pas ordinairement, alors que dans les îles anglophones voisines, on l'appréciait depuis longtemps sous le nom de Sorrel. On l'obtenait à partir d'une infusion de la fleur de l'hibiscus. Nous avions pourtant nous aussi beaucoup d'hibiscus. Chez nous, je crois qu'on appelait ça, groseille-pays.

— Bois. C'est bon pour la santé. C'est plein d'antioxydant, et c'est bon pour l'hypertension, l'anémie et plein d'autres trucs encore.

En venant ici, je m'étais donc trouvé une autre maman. Les pastels au poisson que j'engloutissais comme si c'étaient des amuse-gueules calmaient ma fringale. Soukeyna fit son apparition dans une combinaison en pagne, aux couleurs vives et chatoyantes, qui enlaçait ses courbes voluptueuses et me rendait vert de jalousie. J'étais jaloux du pagne qui, lui, avait le droit d'étreindre ses formes, alors que moi pas. Comme pour me consoler, elle m'embrassa langoureusement. Je tâchais difficilement de maîtriser mes pulsions. Suave et pleine de grâce, elle prenait place près de moi, souriant avec une coquetterie que je ne lui connaissais pas. Je me sentais tout à coup privilégié de passer un moment magique entouré de beautés sénégalaises. Je m'imaginais déjà gendre. Elle excusa l'absence de Boubacar, son jeune frère. Celui-ci, disait-elle, avait voulu me rencontrer mais, en raison d'un match de foot important, avait dû s'absenter. Après le repas, nous attendrions son retour. Son air tristounet me permit de comprendre qu'elle n'avait pas trop gobé ni digéré mon histoire de départ à Bâle à la dernière minute pour passer la semaine avec des amis installés en Suisse. Elle n'avait pas du tout aimé que je ne l'appelle pas pour au moins la rassurer. Elle m'en voulait encore un peu, mais ça irait. Je saurai gérer son humeur, car elle n'était pas méchante.

Lè plat national du Sénégal, le Thiéboudienne, préparé par sa mère, riche en saveurs contradictoires, me faisait saliver. Une sauce épaisse recouvrait du riz rouge, du poisson farci, du poisson séché, du fumet de poisson, des carottes, des aubergines, des navets, des patates douces, du manioc, du chou blanc, des courges, du poivron, du piment rouge, sans oublier le gombo qui rendait le tout gluant. Le Lakh comme dessert m'était jusque-là inconnu. Cette bouillie de mil dans une sauce au yaourt était tellement savoureuse que j'en redemandais aussi. Soukeyna menait la conversation de bon train pendant que je m'empiffrai sans écouter un mot. Elle entretenait sa mère de nos péripéties, et de notre train-train d'étudiants. Une fois le repas terminé, repu, victime de mes propres abus, ballonné, je fus forcé de m'allonger, ou plutôt de me vautrer sur le canapé pour soulager mes douleurs. Mon estomac distendu se vengeait de ma gloutonnerie. Profitant de l'absence momentanée de sa fille, en hôtesse satisfaite, Rokhaya s'approcha.

— Alain, Soukeyna me dit que tu es né en Guadeloupe.

— Oui. C'est vrai. J'y ai grandi aussi.

— Est-ce difficile de retrouver quelqu'un là-bas ? Au Sénégal, par exemple, avec un patronyme on peut facilement localiser quelqu'un ou remonter ses traces.

— C'est pareil en Guadeloupe. L'archipel n'est pas grand.

— Tant mieux alors. Si je te donne le nom complet de mon père ainsi que sa date de naissance, les noms de ses frères et sœurs, tu pourras m'aider à le retrouver ?

— Oui, certainement. Je demanderai à ma tante de m'aider. Elle connaît beaucoup de monde là-bas.

— Merci, mon cher. Alain, ma fille me juge mal. Je n'aime pas ça ! En dépit de sa politesse, elle n'a pas de considération pour sa pauvre mère. On lui a monté la tête contre moi. Elle ne me comprend pas. Je blâme le marabout, le frère de son grand-père du côté paternel. Elle est vraiment trop proche de ce manipulateur. Un homme plus vil que les autres qui se fait passer pour un saint. J'en sais quelque chose, mais n'en dirai pas plus sur ce sujet. Un fanatique qui profite de la crédulité des gens simples. La marabouterie, en fin de compte, n'est que question de fric et de quête du pouvoir. Soukeyna s'est laissée piéger. Elle a ancré les idées de cet homme dans son cerveau. Elles conditionnent ses interprétations du monde et toutes ses réactions. Elle ne s'en rend même pas compte. Ces gens-là nous maintiennent dans un mode de pensée archaïque qui empêche l'ouverture de nos mentalités. Mon souhait le plus cher est de voir ma fille changer. Sa vie doit devenir meilleure que la mienne. C'est le vœu de chaque mère pour son enfant. Il faut l'aider à bien comprendre les choses. Je compte sur toi pour être une bonne influence, non ? Encourage-la à étudier, à s'accrocher. Si elle persévère, elle sera la première fille de notre famille à obtenir un diplôme universitaire. Je ne sais plus quoi dire pour la raisonner, mais toi, elle t'écoute et t'aime beaucoup. Elle ne parle que de toi. Aide-moi, mon fils, oh. Attention, elle revient. Rokhaya me conviait d'une main gracieuse à passer dans la chambre avec Soukeyna.

— Va t'allonger un peu. Tu seras mieux là-bas. Je t'amène du Kinkéliba. C'est du thé. Il te facilitera la digestion.

Pantelante, Soukeyna me menait à sa chambre. Elle gardait la porte ouverte. Je m'installai sur le lit de tout mon long et, elle, sur la chaise attenante à son secrétaire. L'air enjoué, elle disait que sa mère m'aimait bien. Elle le sentait dans ses petites attentions. Un peu gêné, je changeai de sujet. Je voulais savoir quelle existence elle avait menée au Sénégal, avant le grand voyage. Une photo jaunie trônait sur la table de chevet. Son père et sa mère y figuraient. Je risquai un commentaire anodin. Elle bifurqua sur un aspect de son identité qu'elle jugeait essentiel. Il fallait que je le sache et apprenne à mieux la connaître. Elle commença par me raconter qui elle était ; je le savais déjà. J'avais des yeux pour voir, et je m'en servais bien.

— J'appartiens à une confrérie Mouride qui compte trois millions de membres. Chacun de nous vit sa foi comme il l'entend. La religion, c'est une question personnelle. Nous sommes les disciples du saint marabout Cheikh Ahmadou Bamba. Le fondateur.

« Elle parlait comme une illuminée. On aurait dit qu'elle récitait une incantation. Ne voulant pas être impoli, je gardais mes pensées pour moi et écoutais. »

Ma confrérie joue un rôle politique, économique, religieux, et social important au Sénégal. Mon ethnie, les Wolofs, forme le gros de cette confrérie. À part mon petit frère qui est parti trop tôt, nous tous dans la famille sommes des talibés, des disciples de Serigne Mame Mor Mbacké. Mon grand-oncle paternel est notre guide spirituel. C'est aussi l'un des plus influents khalifes mourides. Il est très important là-bas. S'il venait ici, tu verrais des Sénégalais s'agenouiller devant lui. Effectuer un pèlerinage à la ville sainte de Touba, une ville du nord-est du Sénégal, notre centre religieux, notre Mecque à nous, fait partie de nos devoirs. Nous l'avons tous fait. Tu ne comprendras peut-être pas mais, malgré notre liberté, nous devons nous soumettre aux consignes, et vouer une obéissance totale à notre Khalife. Il y a longtemps, j'ai fait une promesse à mon oncle. Un bon Mouride doit connaître les textes et les traditions musulmanes. Il doit gagner de l'argent et être indépendant des Blancs. Il doit travailler pour maintenir sa dignité, et rendre service à sa communauté. Le Mouride est rempli de valeurs et de certitudes, ce qui lui facilite l'existence partout où il se trouve.

Rokhaya frappa alors que la porte était grande ouverte, puis entra, affichant un sourire magnifique. Elle interrompit Soukeyna qui commençait sérieusement à me faire peur. Il n'était pas question pour moi de devenir Mouride. Elle déposa un plateau sur le bureau, versa avec précaution du Kinkéliba bouillant dans deux tasses, m'en servit une, et offrit l'autre à sa fille. Elle me plaisait bien cette maman dans le vent, plus pétillante que sa fille. Je rougissais de pudeur. Et puis, avant de tourner le dos, sans attendre sa réplique, elle incita Soukeyna à bien s'occuper de moi, puis ferma la porte de la chambre derrière elle. L'air contrit, Soukeyna se leva, m'offrit du sucre, puis fit deux grands pas pour rouvrir la porte. Zut ! Je n'y comprenais rien. Pour le moment, je le voyais bien, j'étais loin du compte avec elle. Une femme plus mûre, peut-être comme sa mère, aurait été plus avenante. Mon ego prit un coup. Je me levai du lit, et essayai, comme pour tester sa résistance, de l'embrasser sur la bouche. J'avais besoin d'être rassuré. Elle se laissait faire, et en retour se donnait le mal de me rendre gauchement ce baiser. Puis, elle se détacha mollement pour se laisser tomber sur la chaise.

— Dans quatre ans, quand nos études seront terminées, seras-tu prêt à m'épouser ? Le voudras-tu encore ? Pourras-tu attendre ? me demandait-elle, de but en blanc.

— Quatre ans ! C'est long, très long. Beaucoup de choses peuvent arriver. C'est maintenant qu'il faut vivre. Je ne suis pas patient comme toi Soukeyna. J'espère pouvoir t'attendre et t'épouser un jour, mais quatre ans, c'est long. Et j'ai besoin d'intimité, de chaleur, et de sexe, maintenant.

— Il n'y a pas que le sexe dans la vie, Alain. Quand nous serons mariés, tu verras que l'attente aura valu la chandelle. Tu auras à tes côtés une femme comblée, heureuse d'avoir tenu parole. J'ai promis à mon grand-oncle de rester vierge jusqu'au mariage.

— Pourquoi as-tu fait une chose pareille ? C'est une abomination. C'est clair. Je veux de toi dans ma vie. J'envisage même de fonder une famille. Mais ce que tu me demandes, c'est vraiment trop. Le célibat pendant quatre années ? Tu ne te rends pas compte ?

— Alain. Tu as des besoins. Je peux comprendre. Peux-tu trouver le moyen de les satisfaire avec une évaporée sans ne jamais m'en parler, et surtout sans t'attacher à elle, ou à personne d'autre ? Je ne veux pas te perdre. Fais-le juste le temps que je sois fin prête, pour nous ? C'est le seul compromis que je puisse consentir.

Ma mâchoire se relâcha. Je n'en croyais pas mes oreilles. Alors que j'aurais dû sauter de joie, une tristesse incompréhensible m'envahissait. Je me sentais bafoué. Le fantasme autorisé n'était plus acceptable. Il devenait affront. Pour qui me prenait-elle ?

— Promets-moi qu'aucune femme ne prendra ma place.

— Ce que tu me demandes est incroyable, Soukeyna. Laisse-moi fermer la porte. J'ai quelque chose à te dire.

— Quoi ? Que tu as déjà une autre ? J'y ai pensé, figure-toi.

— Ah bon. Oui, c'est vrai, mais cela ne change en rien les sentiments que j'ai pour toi.

Le regard meurtri, Soukeyna repoussa sa chaise. J'avançai, soutenant son regard.

— Je t'aime, et je l'aime aussi, mais d'une façon différente. Je tiens à toi depuis notre première rencontre. Elle m'écoutait en se renfrognant. Je n'ai pas eu besoin de te toucher pour ça. C'était le coup de foudre africain. Rien n'a changé. Je sais que tu es la femme idéale pour moi. Avec elle, c'est différent. Il y a de l'affection et de la complicité.

— Je te l'ai bien dit. Je ne veux rien entendre. Tais-toi, ajouta Soukeyna en sanglotant sourdement. Dis-moi ce que tu attends de moi.

— Je deviendrai ton mari quand l'heure viendra. Je ferai tout pour être digne de toi mais, en attendant, je t'en supplie, réévalue ta position. Pourquoi cette obstination à rester vierge ? Pourquoi attendre même ? On peut se marier quand on veut, et je te le promets, il n'y aura plus personne entre nous deux.

Je la regardais encore dans les yeux, mais la conviction manquait cette fois. J'étais découragé devant un zèle que je ne pouvais concevoir. Mes résolutions vacillaient devant son idée fixe. Il était trop tôt pour lui révéler ma situation financière. Soukeyna baissa les yeux, et puis la tête, comme pour cacher un sourire blessé. Elle tolérait la polygamie, en théorie et, en cela, se différenciait de sa mère. À vrai dire, elle n'avait pour seule expérience de la vie qu'une éducation familiale reçue chez des grands-parents traditionnels, en lutte permanente avec l'instruction française et moderne qu'elle recevait.

Rokhaya débarqua cette fois en trombe dans la chambre. Elle n'avait pas pris la peine de frapper. Elle parlait vite dans un français mélangé au wolof. Je parvins à comprendre seulement qu'il fallait partir au commissariat de police. Boubacar avait été arrêté. Elle prévoyait de graves ennuis. Dans la voiture, Soukeyna larmoyait, et admonestait sa mère de les avoir trimbalés en France. Elle s'agitait dans un wolof serré, qui ne laissait rien filtrer, encore moins de français. Doul waye. Bàyyi ma ! [Merde. Laisse-moi tranquille]. La maman semblait se défendre tant bien que mal, veillant à ne pas m'effaroucher, mais le ton était quand même monté. Au commissariat, un policier maghrébin nous expliqua que Boubacar avait été ramassé dans les filets d'une rafle policière, il y avait de cela quelques heures déjà. Il était accusé d'être un petit revendeur de shit pour un gang du quartier. La police désirait prolonger sa garde à vue pour lui faire peur et en tirer le plus d'informations possible. Elle voulait remonter la filière. Il lui faudrait un avocat, sinon un, et pas des meilleurs, serait commis d'office. Il passera devant le juge pour mineur. C'était la procédure. Dans l'immédiat, seules la mère et la sœur pouvaient lui parler. De loin, je regardais le gringalet de jais, grand, élancé, d'à peine quinze ans, pleurnicher, effrayé, plus noir que sa mère et sa sœur. Il me fendait le cœur, s'agrippant au boubou, cherchant le pardon. Il voulait, je le sentais bien, retrouver une place chaude dans l'utérus de sa maman et se faire oublier. Je me faisais mon propre délire dans le silence de mes pensées. L'heure était triste. Il s'était amusé à jouer au grand, dans le monde des durs à cuire, sans pour autant en avoir la trempe. Ça se voyait, le petit était mou. Il jurait fort à sa maman que si elle le sortait de là, il ne recommencerait plus. Pourquoi avouait-il ainsi son crime, devant des policiers, en plus ? Il admettait une culpabilité qui, sinon, aurait été difficile à prouver. Ils n'avaient que des éléments circonstanciels, aucune évidence concrète. Il était là où il ne fallait pas, au mauvais moment. C'était un gamin bien élevé qui avait dérapé. Quand on dérape lorsqu'on est basané, on se fait cravater. Il

87

me brisait le cœur à étaler comme ça son remords. Il traînait dans la rue, mais la rue ne traînait pas en lui. J'avais de la peine pour sa sœur, et sa maman surtout. Il roulait des mécaniques, mais n'avait pas de moteur. Il était temps de sortir de ce trou sordide. Je n'aimais pas les poulaillers, même si j'aimais le poulet boucané, mais trop, et ça devenait indigeste. Il fallait de la modération dans tout. Rokhaya parvint difficilement à se dégager. Lui retirer le boubou des mains n'était pas une mince affaire. Dans un silence tendu, elle me conduisit à la gare, et puis s'excusa de la scène inattendue qu'elle m'avait imposée avant de me lancer : « Allez. Tu fais partie de la famille maintenant. » Être noir et pauvre, c'était parfois comme ça, rempli de visites guidées dans des parcs à flics chelous. Soukeyna sortit lentement de la voiture pour venir me dire adieu. Elle me prit par la taille et, m'embrassa longuement. Pour la première fois, elle faisait l'effort de mettre sa langue à contribution. On faisait des progrès. Je gardais espoir ! Et, avant de rentrer, elle me souffla, chevrotante, à l'oreille : « C'est moi ta femme. Ne l'oublie pas. »

Dans le train, j'appelais Catherine pour la rassurer. Dans la soirée, nous irions voir un film, puis dîner à un petit resto tunisien recommandé par une amie. Elle préparait ses cours sur un fond musical. Le John Coltrane, A Love Supreme, que j'entendais, trahissait sa bonne humeur. « Je serai là dans trois heures », lui disais-je.

J'allais d'abord faire un saut chez mon cousin Gaël. Le plus jeune des enfants de tatie Olga. Le cadet des jumeaux bien plus âgés. Sa mère lui avait envoyé des confiseries par une voisine de passage à Paris. Cousin Gaël et son épouse ne permettaient plus à leurs trois enfants de consommer des gâteries. Diagnostiquée à quatorze ans, l'aînée avait contracté le diabète. Du jamais vu dans la famille. Pour sûr, la malbouffe avait quelque-chose à voir là-dedans. Chez Gaël, le sucre était banni. Et pourtant, les doucelettes, les sicacocos, les tablettes de coco, le tamarin glacé, les cacahuètes caramélisées, le sirop batterie, sans oublier les punchs arrivaient bon train dès qu'une connaissance montait sur Paris. C'est comme si tatie Olga oubliait tout ce qu'on lui disait. « Il ne fallait rien envoyer », Gaël n'arrêtait pourtant pas de le lui répéter. On s'inquiétait d'elle. On disait qu'elle n'avait pas bonne mine à cause d'un violent coup de vieux. Le pavillon de Maisons-Alfort, confortable et spacieux, dévoilait la situation enviable dans laquelle il évoluait avec son épouse. Jocelyne travaillait comme surveillante générale à l'hôpital Saint Antoine, alors que Gaël occupait un poste de responsabilité au ministère des Finances. Je ne la côtoyais pas beaucoup cette France noire aisée. Seul ce cousin proche de moi en âge m'offrait une fenêtre avec vue sur celle-ci quelques fois dans l'année. Nous ne nous fréquentions pas vraiment. Ses frères, bien plus âgés, avaient abandonné l'idée même d'un éventuel retour au pays. Je n'avais rencontré ces grands messieurs qu'une ou deux fois pendant l'enfance, et ils ne m'avaient manifesté aucun intérêt. J'étais le garçon insignifiant, la charité, dont parlait leur grand-mère. Une curiosité sans plus. Gaël m'appelait à l'occasion pour prendre de mes nouvelles, ou bien pour évacuer les frustrations dont il n'osait parler avec son épouse. Ce qui m'autorisait à en faire de même. Je discutais parfois avec lui des choses qui me tracassaient. Il savait écouter. Il n'offrait ni conseil ni solution. Il ne pensait jamais à ma place, mais posait des questions percutantes, bien que parfois gênantes qui m'obligeaient à cogiter. Il était bien plus futé que son père. Je l'aimais bien. Dans un coin de la grande véranda, loin des oreilles chastes, un verre de thé glacé à la main, je lui exposais mon dilemme. D'un côté Catherine, et de l'autre Soukeyna. Je voulais éviter que ces deux femmes formidables souffrent à cause de moi. J'avais peur de devenir une fois de plus celui par qui le malheur arrivait.

— Alain. Sois toi-même. Personne ne va mourir à cause de toi. Oublie toutes ces foutaises. Il te faudra choisir. Ça, c'est sûr. Sinon, tu risques de te retrouver seul. Pourquoi est-ce si difficile pour toi ? Tu fais un choix et tu t'y tiens !

— Avec Soukeyna, j'imagine un avenir rempli de bonheur. Mais Catherine, c'est maintenant qu'elle me le donne ce bonheur. Et bien encore.

— Holà, cousin. Pourquoi te compliques-tu tant la vie ? Que vas-tu chercher à te perdre dans la femme alors que tu n'as même pas encore le bon

diplôme en poche ? Concentre-toi sur tes études.
Le reste viendra.

Le temps passait vite. Gaël avait raison ! Mais,
ce n'était pas le questionnement que je cherchais
ce soir-là. Il devait vraiment en avoir marre de
m'écouter râler, vu qu'il me donnait des conseils !
Il avait une femme dans son lit, lui, quelqu'un avec
qui partager les bons et les mauvais moments, et il
proposait que je me passe des plaisirs dont lui, il ne
se privait pas. J'embrassai Jocelyne. Elle était
toujours contente de me voir, et m'encourageait à
venir leur rendre visite plus souvent. J'avais une
bonne influence sur les petits, disait-elle. Grâce à
moi, ils avaient pris goût à l'étude. « Si Alain le
pouvait sans soutien, livré à lui-même, leur disait-
elle, alors à plus forte raison, vous. Vous aussi, vous
le pouvez. » Je n'aimais pas ces comparaisons, ou
qu'on m'utilise de la sorte pour motiver des
jeunes, ou même leur servir d'exemple. Il y avait
un je-ne-sais-quoi d'insultant là-dedans. La
bourgeoisie noire était pleine de Nègres-
comparaisons.

Le métro était bondé. Lugubre. Subitement,
deux vendeurs de maïs grillé se mirent à galoper.
Ils balancèrent deux sacs de toile grise sur le quai.
Cinq hommes jeunes et baraqués les
pourchassaient. Étaient-ils de la police ? Ça en
avait tout l'air. Je m'éloignais du bord de la
plateforme. Quelques minutes plus tard, un train
arrivait. Je montais dedans, puis regardais
s'éloigner les deux sacs que personne n'osait

91

toucher. J'avais quand même beaucoup de chance, me disais-je. J'avais le loisir de voir venir les choses. Un peu plus de distance. Ces gens-là qui couraient dans le métro vivaient comme des animaux traqués. Ils n'avaient pas le luxe d'anticiper un avenir serein. J'étais jeune, j'avais encore mes illusions.

La porte de l'appartement s'ouvrit sur une pin-up si plantureuse, si provocante et si dévergondée que je peinais un instant à la reconnaître. Elle cachait bien son jeu, mais on ne me la faisait pas. La veille, dans l'après-midi, Catherine m'avait croisé sans sourciller ni flancher dans les couloirs de la faculté, alors que je m'étais perdu en grande discussion avec une belle doudou antillaise un peu trop collée à moi. Nous avions fréquenté le lycée ensemble, et avions l'habitude de papoter juste pour le plaisir, et rien de plus ; mais ça, elle ne pouvait pas le savoir. Notre échange chaleureux aux yeux de quelqu'un qui ne nous connaissait pas, je m'en doutais, ressemblait étrangement à du flirt. Catherine se dirait sûrement que j'avais le sexe passe-partout. Aujourd'hui, en petite culotte, pulpeuse, sans maquillage, à peine couverte d'un T-shirt translucide, sans manches, révélant des mamelles charnues, elle avait dû entendre mes pas, car elle m'ouvrait la porte d'entrée avant même que j'eusse le temps d'y glisser ma clef. Elle esquissait un sourire coquin, et me tourna immédiatement le dos. Titillant ma virilité, sa petite culotte se démenait pour contenir l'embonpoint de son fessier qu'elle roulait. Puis comme si elle venait de se rappeler quelque chose, elle se retourna et déposa ses lèvres mouillées sur les miennes.

Je retirai délicatement d'un grand sachet les bouteilles de punchs au coco et au maracuja, et puis déversai des friandises antillaises sur le comptoir de la cuisine comme un butin qu'on évaluait. Catherine ne connaissait rien de toutes ces bonnes choses-là. Elle s'approcha, curieuse.

— Où étais-tu, mon chéri ?

— J'ai passé la journée chez mon cousin à Maisons-Alfort. Sa mère lui envoie tout cela, et il me le refile à chaque fois. Trop sucré, dit-il.

Catherine mordillait déjà une doucelette. Elle salivait, puis faisait lascivement tournoyer un morceau dans sa bouche. Pendant ce temps, je nous versais du punch au maracudja, anticipant le plaisir que je prendrai à le boire. Tout semblait parfait.

— Hum ! C'est bon ce truc. Tu m'emmèneras aux Antilles ?

Mon ventre se contractait. Je ressentais une gêne étrange. Un pincement au cœur.

— Oui. Pourquoi pas ?

Elle m'embrassait du bout de lèvres sucrées. Je lui avais menti par omission. J'avais presque honte. Je me trouvais si lâche d'être encore indécis. Était-ce parce qu'elle était plus âgée que moi d'une dizaine d'années ? Ou bien, parce qu'elle était blanche ? Je me trouvais nul. J'étais injuste. Elle méritait bien mieux que cette sournoiserie. Qu'aurais-je fait à sa place sachant ce que je savais ? Pour ne pas succomber à la honte, je refusais d'y penser davantage. Ça me donnait mal à la tête. Je n'y pouvais rien. C'était comme ça. Mes sentiments m'obnubilaient, et j'avais des pulsions tyranniques. J'étais la victime de ma propre lâcheté, éduqué dans la lubricité et la permissivité. Je n'avais pas encore appris à dire non à la facilité.

Je détournais le visage comme pour dissimuler ma gêne, puis je fis quelques pas vers les toilettes. Pour l'instant, je ne cherchais qu'à m'éloigner pour recouvrer le contrôle de mes émotions. L'envie d'uriner viendrait plus tard. En défaisant ma braguette, je posai un œil distrait sur le water. Le siège était relevé et l'eau de la cuvette troublée par un liquide jaune et âcre. L'envie ne vint pas. Elle fut coupée avant même d'éclore. Ma vessie entra en cale sèche répugnée par la fourberie. Catherine, je m'en rappelais, ne supportait ni que j'oublie de rabaisser le siège après usage, et encore moins que je néglige de tirer la chasse. Ça faisait quatre nuits que je n'étais pas passé la voir. Cela ne pouvait être mon urine. Mon esprit s'agitait. Mon cœur flanchait. Mon souffle s'entrecoupait nerveusement. Je sentais la crise d'asthme imminente. Mon imagination alimentait une détresse grandissante. Sans savoir ce qui s'était passé ou qui était venu, je m'apprêtais à la confronter de manière virulente, et même à tirer, s'il le fallait, un trait sur cette relation perfide. Pire que moi, tu meurs. La situation était insupportable. Jouait-elle la comédie avec mon affection ? Depuis combien de temps voyait-elle quelqu'un d'autre ?

Feignait-elle ses sentiments ? J'imaginais le pire. En tout cas, je ne considérais nullement cette trahison comme un juste retour du balancier. Moi au moins, pour le moment, je ne couchais avec personne d'autre. Pourquoi avais-je été si bête de lui donner ma confiance à Fécamp ? Je m'étais fait avoir comme un amateur. Elle n'avait pas vraiment changé. Ma mine se durcit. Rageur, je me sentais seul et isolé comme avant cette rencontre inopinée. Après de longues minutes investies à me raisonner moi-même, je retournai au salon. Radieuse, le profil opiniâtre, Catherine me narguait, assise toute zen sur le divan, le sourire éclatant, un pied calé sous des cuisses à l'air libre, le derrière débordant de la culotte trop petite. La poitrine insolente pointée vers mon désarroi, elle m'irritait magistralement. Je la trouvais vulgaire, impudique, détestable, toute cette pourriture savamment ficelée dans un paquet de toute beauté. Ça me faisait mal de contempler tant de gâchis. Les choses s'étaient soi-disant améliorées entre nous. Tu parles !

— Que se passe-t-il, Alain ? Pourquoi fais-tu cette tête ?

Je ne répondis pas. Je ne le pouvais pas. Elle n'insista pas non plus. J'aurais explosé si elle s'était acharnée. Quels reproches avais-je le droit de lui faire ? Les termes de notre engagement avaient depuis longtemps été posés. Pour quelle raison exactement devais-je l'enquiquiner ? Je me mis à bouder, et mon silence passa d'abord à ses yeux pour une saute d'humeur. La crainte naissante que je lisais dans son regard interrogeait mon équilibre

95

mental. L'air bousculé, elle rangea sa paperasserie éparpillée sur la table basse, puis alluma le téléviseur avant de se jeter sous la douche. Elle venait de remporter ce round sans même avoir eu besoin de se battre. Était-elle si forte que ça ?

À la télé, les Guyanais se révoltaient. Ils bloquaient des routes, et posaient des revendications. C'était du jamais vu. J'ouvris les oreilles. Si certains ne faisaient jamais parler d'eux de la sorte, c'étaient bien eux. On m'aurait dit, « les Guadeloupéens se révoltent » et j'aurai trouvé cela normal. Nous étions un peuple de Nègres marron qui roupillaient parfois au front. Le mouvement se durcissait. Les images d'hommes cagoulés défilaient à l'écran. Ces frères qui me ressemblaient, je ne les comprenais que lorsqu'ils renonçaient à leur créole fait de mo et de to, pour le français des livres scolaires. Je me délectais des paysages de leur terre désabusée. Attiré par leurs protestations, j'aspirais à joindre mon râle aux leurs, et à railler contre les Français moi aussi, mais pour d'autres raisons. Catherine revint tout habillée au salon, et se comportait comme une furie cherchant la guéguerre.

— Alain. Je ne suis pas ta boniche. Pourquoi n'as-tu pas rabattu le siège et tiré la chasse ?

Pour sûr, elle s'amusait, n'ayant rien trouvé de mieux pour me faire réagir. N'avait-elle pas déjà remporté la partie ? Pourquoi cherchait-elle à enfoncer le couteau dans la plaie ? Si elle voulait que je dégage, pourquoi ne pas le dire ?

— Je n'ai rien à voir là-dedans. Il était déjà comme ça avant que je n'y aille. Je n'ai rien pu éliminer ; trop dégoûté. Quand j'ai vu ça, je savais que quelque chose clochait.

— Qu'insinues-tu ? Hein ? Dis-moi ! Ose ! Ah ! Ça doit être mon frère.

— Ton frère ? Elle est bonne, celle-là.

— Il est passé cet après-midi. C'est pour ça que tu faisais la gueule tout à l'heure ? Qu'es-tu allé t'imaginer ?

— Laissons tomber cette conversation qui ne rime à rien, Catherine.

Je jouais maintenant à celui qui n'avait rien à branler de rien !

***

D'autres fêtards à la recherche de divertissement s'engouffraient dans les rues d'un Quartier latin en ébullition, comme chaque week-end. Trop-plein d'énergie négative ne pouvant supporter l'inertie, je décidais de sécher le cinéma, et de m'en tenir à une soirée au restaurant. Et si le cœur m'en disait, de partir après à la recherche d'un club de jazz pour secouer les idées noires. Catherine se contentait de suivre, refusant de prendre une quelconque décision. Elle préférait dans ces situations se laisser mener. D'ailleurs, je me moquais bien de ce qu'elle pensait. Elle m'avait berné et ne perdait rien pour attendre. Je saurai être plus fin qu'elle. Je sortis mon Smartphone pour la prendre en photo devant son plat croulant de couscous au mérou. Elle me lança son plus beau faux sourire pour les cinq photos. Elle semblait heureuse, plus qu'à l'accoutumée. Elle me mijotait un coup bas. Je n'avais pas cru l'alibi bidon qu'elle avait voulu me faire gober à l'appartement. J'avais quitté le salon pour qu'elle arrête de me mentir davantage, et pour lui éviter de se couvrir de ridicule. Elle s'était servie de son frère pour cacher sa vilenie. Mouais ! Pas si sincère qu'elle le laissait entendre, apparemment. Benoît, en Allemagne pour un mois, visitait des usines. Il y avait une semaine de cela, il m'avait adressé un mail dans lequel il me demandait de lui prendre des photos de sa sœur. Il lui en avait réclamé en pure perte. Elle ne lui en enverrait pas. Il voulait les montrer à ses collègues. Je ne savais plus si je pouvais encore faire confiance à Catherine. Cette femme que j'avais cru connaître, je ne croyais plus en elle. Elle était pire que moi. Nous terminions la soirée attirés par des rythmes envoûtants dans un bar cosmopolite où la bohème mélomane côtoyait les bourgeois branchés qui, à leur tour, fraternisaient avec cette France bariolée, multiethnique des Beurs, Jaunes, et Noirs à la mode de chez nous. Un Américain efflanqué se défonçait au saxophone se prenant pour un Noir, menant avec frénésie une danse saccadée qui pulvérisait la poisse, et réveillait nos sens. Mais s'il pouvait faire ça, il méritait d'être un Noir. Il avait de l'âme à revendre. Les sourires grisés de Catherine dans cette nuit corrompue m'invitaient à prendre le chemin de l'extase. Je n'en voulais pas. Mais, saoul, et dépité, j'allais quand même profiter du moment, l'exploiter, m'épancher en elle comme si de rien n'était, puis jouir dans l'insouciance, sans protection pour l'effrayer un coup, elle qui pour se protéger de moi, comme si j'étais une merde, insistait sans cesse pour que je porte un préservatif. Quant à cette histoire de pipi mystérieux, je la piégerai une autre fois quand elle ne s'y attendrait pas. Je n'avais pas dit mon dernier mot. J'avais encore la clef de son appartement.

***

Dans mon jeune âge, tatie Olga avait investi un pécule en bourse à mon nom, et s'était arrangé pour que je puisse en disposer à l'aube de mes dix-huit ans. Il avait bien fructifié. Elle avait caché cet argent à son mari et à sa belle-mère, se méfiant de leur cupidité légendaire. Elle était déterminée à protéger l'assurance-vie et les économies de sa sœur et de son beau-frère. Elles ne devaient servir qu'à me permettre, à moi, leur unique enfant de démarrer dans la vie. C'était la moindre des choses, disait-elle, m'assurer un petit avantage dans cette vie qui m'avait privé de tant d'amour. Personne à part elle et moi ne savait rien de cet argent que je possédais déjà. Je n'en parlais jamais non plus. Ma tante m'avait enseigné la retenue et la discrétion dans la gestion de mes finances. Mais en ce qui concernait mes pulsions sexuelles, elle avait laissé la nature faire le reste. Une preuve supplémentaire, s'il m'en fallait une, de son amour. À la voir faire et à suivre ses conseils, j'acquis une grande discipline financière. Je comprenais que l'argent était un carburant qui me permettrait d'assumer besoins et aspirations ; une ressource précieuse qu'il fallait conserver si l'on souhaitait n'être un fardeau pour personne. Je ne voulais guère attraper le vent, mais uniquement le sentir souffler. Je préférais poursuivre une superbe expérience pleine de sens plutôt que de posséder des trucs pour m'encombrer la vie ; appeler Uber plutôt que d'acheter une voiture. Dire oui aux joies simples, et aux moments poignants. J'avais appris qu'une fois qu'on avait de l'argent, il fallait l'oublier, ou bien se résigner à le voir disparaître, le traiter comme une énergie vitale à dépenser sur l'essentiel, sur ce qui donnait encore plus d'énergie. Afin de ménager mon compte en banque, sans pressions, je travaillais pendant les grandes et les petites vacances, quand je le pouvais. L'argent devait durer et ne jamais manquer. Je n'aurais dorénavant nul coussin mou sur lequel briser ma chute, atterrir ou décoller ; les jeux étaient faits ; nul réconfort sur lequel me rabattre en cas d'échec, de rejet ou de coup dur. Même si son cœur vieillissant restait ouvert, les portes de tatie Olga seraient fermées. Monsieur Désiré Colma y veillerait. J'étais majeur maintenant. « Plus d'enfants dans cette maison. Allez ouste ! » avait-il déclaré le jour de mon départ pour la France, en compagnie de son épouse, sur le ton de la plaisanterie, disait-on. Je le connaissais bien. Il ne plaisantait pas, donc, je partis me faire voir ailleurs. L'heure de la retraite avait sonné pour eux. Je le comprenais, mais le vaste monde m'effrayait un peu.

J'aimais Soukeyna, mais également Catherine, entiché que j'étais de deux femmes. Elles chatouillaient mon ego de manières complémentaires, mais, je me méfiais d'elles et de leurs foutues motivations pareillement. Rien ne rimait plus à rien. Elles mobilisaient mon attention au risque d'amoindrir mon engouement pour l'étude, la seule voie de mon salut, et elles ne m'offraient nul réconfort qui m'eut permis de me sentir en terre vraiment hospitalière. Tout semblait conditionnel, donc je restais à l'affût. Je me sentais profondément seul. Perdu dans le charivari d'émotions contradictoires. Tout cela m'arrivait-il un peu aussi parce que je doutais de moi ? Que me trouvaient-elles ? Une refusait mon corps sans appel, alors que l'autre ne réclamait que lui. Jamais rien d'autre que ce corps encombrant. J'étais censé être un géant vivant par-delà la volonté de l'autre. Aucune ne sondait la douleur tapie au fond de mon âme. Cette même douleur indicible qui révélait parfois un petit garçon apeuré, qui ne savait que faire du pouvoir qu'il ne maîtrisait pas encore, cette capacité qu'il avait à conjurer la déveine. Seule une maman dans l'âme pouvait m'aider à noyer la détresse, celle-là même qui me consumait, et me faire l'oublier. Personne ne sentait jamais l'odeur du roussi.

***

On cherchait des agents de sécurité à l'aéroport Roissy Charles de Gaulle. Je posais ma candidature. On recrutait des gens qui parlaient bien l'anglais. Je le parlais un peu. Plus que l'argent, que je ne renâclais pas, je voulais me rendre inaccessible aux deux femmes dans ma vie. Leur faire ressentir la grande confusion que j'éprouvais, et cette déconnexion croissante. Un emploi me permettrait de penser à autre chose qu'à ces deux-là. De toutes les façons, elles n'étaient vraiment qu'à l'écoute d'elles-mêmes et de leurs propres besoins. Celle-là voulait d'un mari dans quatre ans, et celle-ci d'un esclave à sa botte. Femmes insensibles et tyranniques ! Je travaillerai à l'aéroport le week-end. Je m'obligerai, en semaine, à garder le nez dans les livres. J'éviterai tous les lieux qu'elles fréquentaient.

La formation initiale s'étala sur deux semaines. Une Israélienne, la formatrice principale, ne souriait jamais. Austère, elle avait la charge de préparer une dizaine de recrues à passer les passagers au crible, à détecter les suspects, ceux qui présentaient le danger le plus grand pour la sécurité des autres voyageurs et du personnel navigant. Elle nous enseignait comment mener des interrogatoires serrés, procéder à des fouilles sur la personne et, en soute, aider les douaniers et la police de l'air à inspecter cargaisons et avions, et minimiser les risques terroristes. D'autres instructeurs nous apprirent à repérer les faux passeports, les faux visas, et tous les signes de menaces. La police des polices, Europol, œuvrait dans l'ombre, à la marge de notre formation. De la théorie, nous passions à la pratique, et c'est à ce moment-là que les problèmes commencèrent pour moi. Avant d'être autorisés à travailler seuls, nous devions suivre différents employés rodés à la tâche, leur poser des questions, et apprendre d'eux autant que possible. Je fus affecté à une blonde déplaisante. Elle semblait compétente, appliquée et déterminée à faire du bon boulot. D'un regard furtif, elle me jaugea, et prit vraisemblablement la décision que je ne méritais pas son attention, car elle s'attela à me tourner le dos pendant l'heure qui suivit. Toutes les fois où j'essayais de lui poser des questions, elle m'ignorait. J'avais affaire à une pétasse de première classe. Rien dans son attitude exécrable ne me chiffonnait réellement s'il n'était que, dans l'heure, il me faudrait rendre des comptes à ma supérieure sur ce que j'avais appris. Donc, je persistais malgré tout à changer mon angle de vue, à m'approcher de la blonde alors qu'elle reculait, et à poser des questions qu'elle s'évertuait à ignorer. Je l'agaçais, mais, je m'en tapais. L'Israélienne arriva prête à m'interroger. Je n'avais d'autre choix, au risque de passer pour un demeuré ou un fayot, que de dire la vérité.

— La personne à laquelle vous m'avez affecté à tout fait pour m'empêcher d'apprendre. Elle me donnait son dos systématiquement. Elle se taisait quand j'approchais et m'indiquait clairement que ma présence la dérangeait.

La formatrice m'obligeait déjà à la suivre. Devant la blonde, sur un ton sec, elle répéta tout ce que je venais de dire. Ma gorge s'assécha sur le coup. Un mal de tête me lancinait tout aussi soudainement. Malgré mon appréhension, je me réjouissais de voir la blonde se faire malmener de la sorte. Elle suait, inquiétée par la perte de son emploi. Confondue, elle baissa les yeux comme pour dissimuler sa hargne. En mon for intérieur, je ricanais déjà. Elle avait du cran et des convictions, cette Israélienne ! J'apprenais à en développer. J'en comprenais l'importance.

Pourquoi cette résistance ? Me pensait-elle indigne d'un emploi, même petit, dans la sécurité aérienne ? Ou trop bête pour comprendre ? Ou bien, était-ce un coup monté, une façon de tester si j'étais du genre à m'écraser ou bien à m'affirmer ? La formatrice me fit accompagner la blonde encore pendant une heure et, cette fois, tout se passa bien. Je la regardais droit dans les yeux comme un tigre sur une proie qu'il méprise. Intense, je lui posais des questions, le torse légèrement penché en avant. J'augmentais le volume de ma voix grave exprès comme pour pirater son univers. J'imposais ma présence, et prenais ma revanche. Pas question de laisser bécassine me priver d'un emploi que je désirais. Je fis mon rapport, cette fois sans excuses, et fus autorisé à poursuivre ma formation. Je venais de comprendre une leçon singulière. Quel que soit le degré d'inconfort ou d'opposition, je devais persister avec conviction, obtenir gain de cause, affirmer ma volonté ou perdre un peu plus de l'estime de ma personne, ainsi qu'un emploi. Se faire une place en dépit de l'opposition et de l'hostilité requiert un degré de méchanceté. Il fallait l'assumer ou périr.

Très rapidement, je me retrouvais à interroger des passagers, seul ; à signaler les personnes à détenir pour une interrogation plus musclée ou une fouille. J'apprenais à me dandiner comme une autorité avec droit de regard sur la vie et les bagages d'autrui. Je jouais au facho sadique. Au fond, rien de tout cela ne me plaisait vraiment, surtout quand c'était la seule nationalité du voyageur qui déclenchait ces réactions apprises.

Je sympathisais avec les collègues. Certains parmi ceux qui venaient d'Afrique avaient des doctorats. Je ne comprenais pas ce qu'ils faisaient là. Ils se plaignaient de ramer sur place en matière de promotion, se retrouvant souvent à former ceux qui deviendraient leurs chefs. Dans le métro, je demandais à un jeune Antillais au sourire amène s'il était vrai que certains de nos collègues étaient victimes de discrimination. Il m'encouragea à garder la tête basse et à faire fi des élucubrations de ceux qu'il appelait les éternels insatisfaits.

— Moi, j'avance, et je suis Noir.

Le lendemain, en route vers les vestiaires je le vis sortir du bureau du superviseur. Prenant l'air d'un pénitent, il ne retourna pas mon salut. Dix minutes plus tard, j'étais convoqué au même bureau. Que se passait-il donc ? Je venais d'arriver. Pas assez de temps pour gaffer. Il y avait sûrement erreur sur la personne. Le superviseur ferma la porte, et me demanda de prendre place. L'air penaud que j'adoptais ne semblait point le décontenancer. Un homme âgé et corpulent nous observait d'un des coins à l'avant du bureau. Il ne se présenta pas ni n'ouvrit la bouche. Je n'existais pas. Il se contentait de me dévisager d'un air triste et condescendant. Le superviseur campé devant moi m'obligeait à lever la tête pour le regarder. Il me tendit une feuille et un Bic.

— Je veux des noms. Les noms de toutes ces personnes qui vous ont raconté qu'à cause de leur couleur elles n'avancent pas ici.

— Monsieur, répondis-je, la conversation tenue dans le métro en dehors des heures de travail était privée. Je ne vois pas en quoi elle vous concerne.

— Jeune homme, si vous tenez à votre emploi, écrivez-moi ces noms.

J'obtempérai. J'écrivais Pinocchio, Zorro, Batman, Robin des Bois, et Spiderman, et lui remettais la feuille et le Bic. Avant qu'il ne commence à gueuler, aussi offusqué que lui, je me levais pour partir. Après tout, j'étais encore un étudiant. Ses menaces seraient sans conséquence.

108

Personne ne dépendait de mon emploi, contrairement à ceux qui m'avaient mis dans leur confidence. Il pouvait en faire ce qu'il voulait de son poste de merde. Mettre les mains dans les poches des gens, tripoter les bonnes sœurs irlandaises, très peu pour moi. En partant, je déposais mon badge sur le bureau de la secrétaire, enfin libéré de peurs qui n'étaient pas les miennes. Cela faisait déjà trois semaines que j'ignorais les appels et les messages frénétiques de Catherine et de Soukeyna. Elles s'inquiétaient à mon sujet.

***

Quand j'avais sept ans, ma tante me raconta une drôle d'histoire. Mes parents avaient été des géants. « Des géants », je répétais incrédule. « Oui, ta maman était très grande. Elle dépassait la plupart des gens d'au moins trois têtes. Souvent, on la pensait plus âgée qu'elle ne l'était. À l'adolescence, elle en souffrait déjà. À quinze ans, elle priait le Bon Dieu de l'empêcher de grandir davantage. Aucun garçon n'osait l'approcher. Toute l'école l'appelait la géante, et parfois la gaulette. Les filles la choisissaient toujours pour jouer dans leurs équipes de basket, et cherchaient sa compagnie dans l'espoir d'attirer les regards. Elle plaisait beaucoup. Certains adultes l'incitaient à devenir mannequin tant elle était singulière. Ta maman préférait se faire oublier. À l'écouter, on la harcelait. Donc, elle se repliait sur elle-même, s'enfermait dans sa chambre pour lire et étudier. Elle lisait tout le temps. Elle n'avait qu'un rêve auquel personne d'autre ne croyait ; devenir gynécologue-obstétricienne ; aider les femmes à prendre soin d'elles, et à accoucher. Elle était têtue

110

et se donnait à fond dans tout ce qu'elle faisait. C'est pour ça que personne ne fut surpris quand elle atteignit son but. C'était une grande dame ta maman. Une géante dans tous les sens du terme. Quand vint l'heure de fonder un foyer, un homme moins grand qu'elle n'aurait eu aucune chance. Elle disait souvent pour rire qu'elle voulait d'un petit géant. Et seul un vrai géant pourrait le lui donner. Elle épousa ton père, un ingénieur-agronome rencontré lors d'un voyage dans la Caraïbe. Ton papa était un homme ambitieux. Il malmenait ceux qui se mettaient au travers de sa route, et gérait très bien ses affaires. Il exploitait des plantes médicinales au sein d'une petite entreprise et en assurait l'exportation. C'était un homme exceptionnel. Je me souviens du timbre assuré de sa voix. Ta maman avait fait un bon choix. Ils formaient un beau couple, tes parents. Quand ils débarquaient dans une salle de fête, ils aspiraient tout l'oxygène. Il était impossible de les ignorer. Joviaux, toujours de bonne humeur, tout le monde ou presque les aimait. Ils aidaient beaucoup de gens. L'église du quartier ne désemplit pas le jour de leur enterrement. Une foule assista à la cérémonie jusqu'à sur le parvis. Ta mère disait que toi aussi tu serais un géant, la sève de notre famille. Un Noir magistral. Un de ceux qui prennent de la place par leur présence. Tout commence dans la tête, comme ta maman le répétait souvent. »

Que devais-je comprendre de cette histoire ? Je n'en savais trop rien. Elle me trottait dans le crâne sans que je ne sache pourquoi elle me l'avait racontée. Il devait pourtant y avoir une raison moins évidente que celle à laquelle je pensais.

***

Pendant trois semaines, j'avais usé de toute mon intelligence, sur le campus et ailleurs, pour esquiver aussi bien Soukeyna que Catherine. J'arrivais quelques minutes avant le début d'un cours, et disparaissais immédiatement à sa conclusion. Je séchais le cours en commun et fuyais les foules et la bibliothèque. J'éludais toutes les questions gênantes de mes camarades au sujet de ma vie privée. À l'heure du déjeuner, à un café-tabac éloigné de la fac, je dégustais un sandwich à une table où je passais le clair de mon temps à réviser en attendant le prochain cours. Un jour, en me recroquevillant de justesse derrière le pan d'un mur intérieur, je me dérobais à la vue de Catherine qui trottait dans la rue, accompagnée de deux collègues. Je la regardais passer dans sa course folle. Elle agitait un bras professoral pour renforcer un argument, tandis que l'homme qui les accompagnait, coincé entre les deux femmes, tentait tant bien que mal de garder la mesure. Il souriait visiblement ravi des compagnes séduisantes qui le flanquaient. Était-ce lui, le bâtard qui avait causé mon abattement ? J'évaluais secrètement leur degré d'intimité à travers les regards et la distance entre leurs corps. Je leur inventais une complicité. La scène se déroulait trop vite pour être d'une quelconque utilité. Derrière le comptoir, le patron essuyait ses verres avec un torchon blanc et ricanait en observant mon manège. Encore un qui séchait ses cours. J'étais sûr que c'était ce qu'il pensait. Sa moustache fournie me faisait penser à celle d'Astérix le Gaulois, et accentuait son air dubitatif. Demain, il me faudrait localiser un bar encore plus isolé.

Après le dernier cours de la journée, je rentrais à Nation, à mon studio, les bras chargés de courses faites en chemin. Dans mon espace minimaliste, cintré mais sacré, tous mes biens offerts à un examen sommaire célébraient mon retour de tout leur éclat, sauf la guitare posée contre le mur qui, elle, me tournait le dos, peut-être en signe de reproche. Je n'y touchais plus depuis longtemps. Le vélo voisin, complice, ne faisait lui aussi aucun cas de moi. Pour marquer son mécontentement, il avait permis à l'air de se libérer de ses pneus. Il m'avait mis à plat, sans me consulter. Lui non plus n'avait reçu aucune caresse depuis un bail. Seul le lit défait me faisait encore un accueil chaleureux. Il avait pour moi une certaine affinité, et m'invitait à me vautrer. Il s'émouvait à mon contact, allant jusqu'à prendre mes formes. Le point focal incontesté de ce royaume lilliputien restait l'ordinateur portable, le Macintosh, qui trônait sur un bureau acheté chez Ikea. Il me servait de second cerveau ; plus rapide et mieux organisé que le premier, quoique moins autonome et moins créatif aussi. Je me réjouissais quand même de sa mémoire inégalable. Il était ô combien plus divertissant et fiable que les êtres que je fréquentais ! Il me donnait accès aux journaux écrits et télévisés, à mon compte bancaire et aux articles de consommation courante dont je raffolais. J'appartenais à plusieurs communautés virtuelles ; les amis jamais rencontrés en personne se comptaient à la pelle.

Dans ma kitchenette, je vidais les sachets du magasin d'alimentation quand, soudain, la sonnerie de ma porte d'entrée retentit. Qui est-ce que ça pouvait être ? Je ne recevais presque jamais personne. L'interphone pourtant incontournable n'avait pas été activé. Qu'est-ce que cela pouvait bien vouloir dire ? Était-ce un voisin qui sonnait ? Ou bien la porte du bas avait été ouverte à un non-résident ? Je n'avais pas entendu l'interphone. La dernière personne à me rendre visite, le mois dernier, avait été Catherine, et son passage m'avait rempli d'amertume. Elle avait passé la nuit avec moi comme elle le faisait de temps en temps. Au réveil, le lendemain, elle avait attrapé une boîte de préservatifs que je gardais près du lit sur ma table de chevet rien que pour elle, et l'avait détaillé plus que de coutume. D'un air accusateur, les lèvres pincées, le front plissé, de but en blanc, elle avait déclaré : « Ce n'est pas la même boîte que la dernière fois. » J'étais abasourdi. Le souffle coupé, je ne sus quoi répondre. La boîte avait contenu cinquante préservatifs. Il en restait quarante-six. Pour qui me prenait-elle ? Apparemment, dans son esprit, je ne passais mon temps à faire que ça, enfiler des gants prophylactiques pour faire du

115

ramonage. « La couleur n'est pas la même, et la date d'expiration non plus. » En plus, elle insistait, la menteuse. « Catherine, tu te trompes doudou. C'est exactement la même boîte. Je ne couche qu'avec toi. » Malgré mes assurances, elle cherchait encore à m'ergoter. Combative, prête à tout pour remporter une victoire Pyrrhique, elle rouspétait déjà. « Tu mens. Prouve-moi que c'est bien la même boîte. » Comment pouvais-je lui donner satisfaction ? Dialogue de sourds. Défi inane. Son entêtement commençait à bien faire. Je ne la supportais plus ce matin-là et désirais la voir partir. Que dis-je, j'avais hâte qu'elle s'en aille. Je sentais la moutarde me monter au nez. Comme un rat acculé dans un coin, j'avais envie de la mordre et de lui transmettre ma rage. Malgré tout, en apparence, je gardais le calme, respirais profondément, restais confiant et gardais encore le sourire, ce qui avait le mérite de l'agacer suprêmement. Puis, je me résignais enfin à l'ignorer. Elle voulait me rendre chèvre. Son manque de confiance en moi me faisait douter de sa motivation. Notre relation comptait pour moi. À quoi jouait-elle ? Manifestement, elle était jalouse, aveuglée par sa peur. À mes yeux défiants, elle s'était couverte de ridicule.

Hypertendu, ce soir-là, je n'avais vraiment pas envie de lui ouvrir la porte. Mais, qu'irait-elle encore inventer si je la laissai plantée sur le palier ? Je me dirigeais doucement vers la porte. Surprise ! Une Soukeyna maquillée, resplendissante, sur son trente-et-un, dans une sape pimpante et m'as-tuvu qui affichait ses courbes, se dandinait dans le judas comme quelqu'un qui voulait faire pipi. Elle était bien loin de sa grande banlieue, et il se faisait tard. L'heure de pointe battait son plein. Choqué de la voir déroger à ses habitudes, j'ouvris prudemment la porte. L'air farouche, sans me saluer, elle la poussa pour entrer de force. Puis, elle déposa ses affaires sur la moquette, un sac de classe et un sac de sport.

— Tu joues à quoi, homme de pacotille ? Je te croyais plus sérieux.

Les deux mains sur les hanches, elle me faisait face maintenant, sublime dans son courroux. Elle excitait ma peur. Décidément, les visites féminines à mon domicile ne me portaient guère chance.

— Homme de pacotille ? répétai-je doucement en secouant la tête en signe de protestation.

Elle me scrutait d'un regard sanguinaire. Je l'avais ulcérée. Ses lèvres tremblotaient. Sa mâchoire se tendait. Les veines de son cou palpitaient. Une colère noire s'installait. Mon regard chancelait. Je me trémoussais n'arrivant plus à contenir mon embarras. Elle inspira profondément, comme pour se ressaisir. Je m'affaissai sur le lit prêt à encaisser encore une fois son dépit. Elle retenait un semblant de maîtrise de soi, et contrôlait son débit d'une voix hésitante.

— Où étais-tu, et pourquoi ne prenais-tu pas mes appels ? Tu ne veux plus de moi, c'est ça ? Je ne te savais pas aussi lâche.

— Non. Ce n'est pas ça !

— Alors, c'est quoi ?

117

— Ça n'allait pas très bien. J'avais besoin d'être seul, répondis-je en pointant un doigt vers la table où trois boîtes de médicaments gisaient éventrées.

— Tu n'es plus seul, Alain. Tu dois comprendre ça. Et ce n'est pas comme ça qu'une relation se gère. Je suis très fâchée contre toi. Tu ne peux plus me traiter ainsi. C'est la deuxième et dernière fois.

— Je le sais.

— Donc tu voulais me larguer ?

Je me levai. Elle se laissait accoster à contrecœur, mais ses bras croisés devant sa poitrine exprimaient sa méfiance. Je posai mes lèvres sur son front offert. Elle en profita pour m'asséner un violent coup de poing dans le flanc droit, puis se mit à larmoyer nerveusement éprouvant le silence. Je commençais à me tordre, exagérant la douleur pour susciter un peu de compassion, comme si je faisais acte de contrition. Puis je regagnai le lit pour lui échapper. Je me rassis et la laissai pleurer en paix, dans le silence de sa douleur. Après quelques minutes, elle se ressaisit, et je me relevais pour me rendre dans la kitchenette et finir de ranger les courses. Avisé, je ne parlais plus, préférant signifier mon désir en plaçant deux assiettes et des couverts sur la table à manger. Puis je lançai avec l'audace de la finalité :

— Tu restes avec moi ce soir. Tu es déjà là. Pas la peine de discuter.

Sa réponse me choqua :

— J'en avais bien l'intention, figure-toi. J'ai des vêtements de rechange dans un sac.

118

En mon for intérieur, je jubilais. J'avais gagné. La conséquence inespérée de mon absence ignoble me réjouissait. Je l'avais pour moi ce soir, complètement à ma merci pour la toute première fois. Avant de mettre mes casseroles sur le feu, j'éteignis mon portable et remis le loquet sur la porte d'entrée. Soukeyna s'était calmée. Sa beauté froissée émaillait mon royaume.

***

— Catherine, je te rappelle. Tu m'as laissé des messages.

— Hum ! Qu'est-ce que tu veux ? Ça fait presque quatre semaines que je suis sans nouvelles. Tu n'es qu'un sale lâche, Alain.

— Vas-y, épanche ton fiel sans chercher à comprendre.

— Dis-moi. Qu'est-ce qu'il y a à comprendre ?

— Pas envie de parler de ça au téléphone.

— Tu sais encore où j'habite, non ? Passe. Mais surtout, n'attends rien de moi.

Un épais brouillard planait sur ma vie. Les choses m'arrivaient. Je les subissais sans aucune emprise sur rien. C'est le seul mensonge que j'acceptais de croire. Je réagissais à ce que je trouvais sur mon chemin. Cette réalisation déclenchait en moi une profonde amertume. J'avais besoin de tristesse. Mon trop plein de larmes attendaient de couler. Dans mes rêves d'enfant, j'étais un héros. Le héros mettait en œuvre son plan. Je n'avais pas de plan. Je devais changer de fonctionnement. Devenir qui j'étais censé être. Un géant. Je devais arrêter de me poser

120

de mauvaises questions ; de me dire des choses qui m'absolvaient de toute responsabilité. Plutôt que de m'inquiéter de l'impact des femmes sur moi, je devais plutôt m'intéresser à elle, et trouver le moyen de les aider à améliorer leur quotidien. Une meilleure question aurait été : comment puis-je contribuer à leur bien-être ? Penser à moi me rendait malheureux. Penser à elles me faisait sourire. Pour la première fois, je voyais lucidement. Je devais bâtir une confiance absolue en moi-même, cela ferait toute la différence. Sans ça, je semais confusion et douleur. La conséquence de ce manque de confiance était intolérable. J'avais ébranlé l'estime de Catherine en moi et en elle-même. Je n'arrivais pas à faire de bons choix, à rester fidèle à mon intérêt. Ne vouloir faire de mal à personne faisait figure de piètre vœu qui ne prévenait la souffrance de personne. Au contraire, il la faisait traîner et cingler plus fort. L'intransigeance d'une Soukeyna rigide dans ses valeurs, et les convictions d'une Catherine nimbée dans l'arrogance de son désir égoïste me renvoyaient mes faiblesses en pleine face et réveillaient mes peurs de n'être encore qu'un pion sur l'échiquier d'un autre. Où étaient passés mes principes, mes valeurs, et ma volonté ? La chair avait-elle eu raison de mon ambition ? Étais-je si faible ? Je ne le croyais pas, non. J'avançais simplement sans but précis, dans le fouillis de mon désir. Mes défauts me narguaient comme un bouton sur le nez. De guerre lasse, je les acceptais contre mon gré, j'écoutais leur râle amer, cherchant à déceler les possibilités enfouies vers lesquelles ils me pointaient. Mes faiblesses et mes peurs, les vraies maîtresses du moment, et mon cœur avachi, me poussaient à m'engager dans une voie impossible, passage incontournable de la croissance vers le moi-même tout en haut. Le besoin d'évoluer dans l'urgence se faisait mon bourreau. Rien ne roulait plus comme je le voulais, ni le bon temps ni la déveine. Sans le doigt sur la gâchette de ma propre destinée, ma palette d'émotions s'appauvrissait. Je ne savais plus être petit ni grand. Il ne me restait plus qu'à dépoussiérer, pour ensuite projeter avec force, cette volonté rebelle à l'effort.

— Tu manques d'intégrité, Alain. Ton comportement et tes motivations détonnent. Tu dis une chose et en fais une autre. Tu n'as pas de conscience. Tu mens sur ce que tu ressens.

— Quoi?

— Ce que tu dis est différent de ce que tu fais. Voilà. Tu ne sais ni qui tu es ni ce que tu veux vraiment. De quoi as-tu peur? Je te croyais plus fort.

— Pas besoin de tes leçons, Catherine. Tu as raison, je suis un inconscient. Une tare humaine. Je porte la poisse. Alors, il faut me laisser si je suis si mauvais. Laisse-moi te dire ce que je ne suis pas, moi. Arrogant, manipulateur, et donneur de leçons. Et vlan. If the shoe fits, wear it.

— J'ai besoin de savoir que tu as assez de couilles pour choisir, et assumer les décisions qui s'imposent. Faire ce qui est juste et bon, même

122

quand c'est difficile. Ne pas savoir ce que l'on veut, il n'y a rien de plus facile. C'est le propre des andouilles paresseuses. Un peu de courage, monsieur le géant.

— Tu as encore raison. Je suis une andouille paresseuse. L'andouille a besoin d'air. À plus.

Je claquai la porte en partant. Cette femme jouait du violon sur mes nerfs. Mes fils se distendaient dangereusement. J'avais laissé mon sac à l'étage. Je comptais revenir, elle devait s'en douter vu qu'elle ne m'arrêtait pas. S'acharnant à me jeter mes trois vérités et demie à la face, elle m'empêchait de me concevoir comme je me voulais, déterminée qu'elle était, elle aussi, à me faire mûrir plus vite que je ne le désirais. Mûrir vite revenait à pourrir vite. Dans ce moment lourd, je la détestais, forçais le pas, rempli de toute la rage de mon orgueil blessé. L'âme troublée. À deux immeubles au bas de la rue, je m'arrêtais à un petit café tranquille. Assis à la terrasse, une Heineken à la main, je regardais passer les gens heureux et ressassais la substance de la conversation que je venais de conclure. Comme d'habitude, Catherine avait raison. Je devais respecter mes engagements. Changer ma façon de penser, ce comportement qui m'éloignait de tout ce que je voulais et me causait du grief. Quand on laisse s'absenter la confiance en soi, on souffre, et l'on propage la douleur dans un monde saturé.

Je titubais en remontant les longues marches éreintantes des escaliers jusqu'à l'appartement. Je sonnais, puis introduisais ma clef dans la serrure pour entrer. Comme un pitbull à l'affût :

— Ah, te revoilà. Je suis enceinte. J'avais oublié de te le dire.

L'agression recommençait. Détaché, puis estomaqué, je répétais niaisement : « Enceinte ! » Au lieu de la boucler, et laisser la nouvelle mijoter, j'ajoutais :

— De moi ?

— Évidemment. De qui d'autre ? dit-elle en me perçant du regard.

— Je pensais…

Catherine agrippait déjà, avec une brusquerie menaçante, les ciseaux posés sur la table à portée de main. Où était passée la bourgeoise raffinée ? Elle semblait avoir perdu toute retenue.

— Ne m'insulte surtout pas. Je te préviens ! Tu penses mal. Tout ça à cause d'une blague idiote faite pour te rendre jaloux.

— De quoi parles-tu maintenant ?

— Le siège des toilettes. Je l'avais relevé exprès, et ça s'est retourné contre moi.

— Et ton frère ?

— Tu sais aussi bien que moi qu'il n'est pas passé. Il m'a dit avoir reçu les photos qu'il t'avait demandées. C'est à ce moment-là que j'ai finalement compris ta réaction. Tu savais déjà la vérité. Mais cela n'excuse en rien ce silence lâche de quatre semaines. Je t'ai déjà tout expliqué dans un de mes messages.

— Je n'ai rien écouté. Donc, il n'y a personne d'autre ?

— Non, bêta. Il n'y a jamais eu que toi. Tu ne peux pas dire la même chose, toi. J'ai eu le temps de réfléchir. Je ne te fais plus confiance. Donc, je ne garderai pas cet enfant.

— Tu ne m'aimes plus en fait, si même tu ne m'as jamais aimé.

— Je t'aime. Là n'est pas le problème. Ça ne sert à rien ce qu'on fait. Ça ne rime vraiment à rien. J'ai pris ma décision.

— On devrait en discuter. Un truc comme ça ne se décide pas à la légère.

— On vient de le faire.

Sa répartie avait le ton de la finalité. Ne voulant pas la supplier, ou me rabaisser, je ramassai mon sac pour partir.

— Je prends rendez-vous à la clinique, et je te tiens au courant. Ne t'inquiète de rien. Je ne gâcherai pas ta petite vie.

Mon regard s'embrasa. Je serrai mon sac plus fort. Ma bouche se cousit de peur de laisser échapper une insulte ou un reproche maladroit. Détournant mes brasiers qu'elle attisait par des mots salissants, je lui tournai le dos, déposai sa clef sur un meuble près de l'entrée, et fermai la porte derrière moi dans une douceur forcée ; haineux et plus confus que jamais.

***

Le soir de sa visite, Soukeyna et moi remîmes les pendules à l'heure. Après le repas, allongés l'un près de l'autre, gardés, nous savourions une comédie romantique. Puis à l'heure du coucher, après les ablutions, je me dénudais suffisamment pour l'émouvoir. Dans mon caleçon, je la regardais se changer craintivement dans le noir. Elle s'était mise en débardeur et en short de pyjama. C'est moi qu'elle émouvait. Toute raide dans mes bras, elle se calait contre mon corps pour lui dérober sa chaleur. Le moment tant rêvé était enfin à bout de doigt. Comme un enfant dans une confiserie, je m'attelais à dompter mon enthousiasme ; évitant d'alarmer ses sens. Tout devait se dérouler comme je l'avais maintes fois imaginé. Il me fallait tout faire dans la douceur. Notre avenir en dépendait. Je tournais autour du pot, prenais mon temps, et faisais le blasé. Je la caressais sans précipitation, enivré par sa senteur, anticipant l'instant magique, encouragé par ses frissons. Son corps humide, en chaleur, commençait à s'ébranler. Il montrait des signes d'impatience. La turbulence de son ressenti était palpable. Sa respiration épidermique, courte et saccadée, masquait graduellement les échos de la nuit. Les battements affolés de son cœur provoquaient la contraction de ses côtes. J'arrêtais tout, attouchements et baisers, dans l'espoir de rétablir le calme dans sa chair convulsée. Rien de préjudiciable ne devait lui arriver avec moi. En son for intérieur, la conviction de ma bienveillance devait primer. Dans ses fibres, elle devait se sentir coûte que coûte en sécurité. Son souffle se transformait déjà en un soupir dans la nuit retrouvée. D'un œil luisant de luxure, je devinais son sourire. Un début de volupté avait alarmé son imagination. J'attendais un peu encore avant de recommencer, plus lentement cette fois pour la mettre d'abord en confiance. Après de longues minutes, prosterné sur ses jambes étendues, raides, je faisais glisser des deux mains, tout doucement vers ses pieds crispés, la culotte de dentelle moite qu'elle portait. La tension dans son corps défait était palpable. Parler romprait la magie du moment. J'honorais donc le silence, mon complice. Tout doucement, j'écartais, puis m'installais dans son entrejambe. Je la regardais maintenant sans bouger, pour m'assurer qu'elle allait bien. Elle semblait souffrante et résignée, le visage crispé, et les yeux bridés comme un enfant qui appréhendait la piqûre d'un médecin. Je me laissais chuter de l'autre côté du lit, abandonnant mon assaut, dérogeant à la règle. Je repoussais le coït et l'orgasme au profit d'une plus grande fusion de nos sens. Nous n'étions pas encore au diapason. La passion amoureuse nécessitait un relâchement total. Il n'y a pas de règles dans le lit. J'avais perçu sa détresse avant même qu'elle ne capitule devant mon désir impérieux. Je ne voulais pas devenir un bourreau, pas pour ma Reine-Nutella.

— Qu'est-ce qui ne va pas, Soukeyna ? Je n'ai encore rien fait.

— Vas-y, Alain. Fais ce que tu dois faire. Ça fait longtemps que tu espères !

— Non. Je ne peux pas. Ton cœur n'y est pas.

— C'est ce que tu attendais, alors fais-le.

— Non. Oublie ça. Je viens de me rendre compte que ce que je veux plus que tout, c'est ton désir. Pas ton aumône, surtout dans le lit. Dormons plutôt. Je survivrai.

— C'est comme tu veux !

Comment aurais-je pu, en bonne conscience, apprécier une faveur qui en disait si long ? Quoiqu'on veuille penser de moi, mes sentiments étaient sincères.

Deux jours plus tard, en changeant les draps, je retrouvais une culotte de dentelle blanche auréolée sous le deuxième oreiller. L'avait-elle placée là, exprès ? Une sensation d'échec me prit à la gorge et ne me lâchait plus. J'avais été si près et, en même temps, si loin du but. Mais était-ce vraiment le but, ou bien un moyen de me rassurer ? De savoir qu'elle m'appartenait ? Mon marasme sentimental ne pouvait plus durer. Il affectait mon engouement pour l'étude. Ce foutu diplôme, au minimum, je devais l'obtenir, mettre fin, immédiatement, à tout ce qui me tiraillait. En ce moment déterminant, en cette période de transition, je n'étais bon pour personne. À cause de moi Soukeyna avait failli trahir une promesse faite à son oncle et violer un de ses principes religieux. Comment m'aurait-elle pardonné cette transgression ? J'étais une vermine. Elle n'avait voulu que me faire plaisir pour me retenir.

Qu'indiquait mon comportement de mes motivations ? Mes actions exprimaient-elles l'amour que je prétendais prodiguer ? Était-ce même de l'amour ? Qu'est-ce qui expliquait cette confusion ? Pourquoi donc ne pouvais-je pas me décider ? Parce que, peut-être, j'avais peur. Je ne voulais ni me tromper, ni faire le mauvais choix, ni rater ma vie. Être seul, certainement, ne me ferait aucun mal. Pourquoi craignais-je tant de me leurrer ? Parce que je méritais une vie parfaite, exemplaire, même si je ne connaissais personne comme ça qui en avait une. Pourquoi parfaite, qu'est-ce que cela voulait dire ? Jusqu'à présent, mes besoins affectifs, d'appartenance, de sécurité, d'estime et de réalisation n'avaient pas été pleinement satisfaits. Peut-être que là était la source de ma difficulté ? Pourquoi donc la responsabilité de ces besoins devait-elle incomber à quelqu'un d'autre que moi-même ? Après tout, j'étais le principal concerné. Le plus que je pouvais demander à quelqu'un était de me soutenir dans leur assouvissement pendant que je donnais le change. Question de réciprocité dans l'honnêteté d'un besoin assumé. Pour recevoir, il fallait donner. Pour être aimé, il fallait aimer. N'était-ce pas comme cela que ça marchait ? Pourquoi m'était-il difficile de choisir ? Parce que choisir m'obligerait à renoncer à une autre possibilité, et à assumer une plus grande responsabilité pour mon existence. Voilà. Et j'attendais aussi que les choses deviennent claires comme de l'eau de roche, alors même qu'elles ne le sont jamais. L'eau des relations humaines était trouble par nature, il fallait tout simplement la purifier en faisant preuve de sincérité et d'intégrité.

Il faut parfois savoir foncer dans le brouillard, et prendre un risque pour gagner. Rien ne serait jamais parfait. Il faut quand même faire tourner la machine à vivre. L'amour était le plus beau risque, un investissement dans l'art. L'amour est art, une aventure qui ne décevait que si l'on en attendait trop. Sa promesse restait illimitée. Elle nous offrait en partage, comme une sève nourricière, croissance, plénitude et longévité, pas un voyage sur la lune. Vivre pleinement nécessitait le courage d'aller où l'énergie nous guidait.

Le bon choix était celui qui assouvissait notre besoin fondamental. Avec qui donc me sentais-je le mieux, et m'épanouissais-je le plus ? La réponse semblait évidente. Nul besoin d'en débattre. Avec celle qui me donnait un peu plus de son attention, de son temps, et satisfaisait aussi mes besoins charnels, sans résistance aucune. Une me demandait plus que je fusse capable de donner, et l'autre me réclamait ce que moi-même je voulais donner. Bingo ! Je n'avais pas encore dit mon dernier mot.

***

Une partie de basket-ball avec les potes longtemps négligés fournirait un répit bénéfique. La casquette tournée en arrière, fixée sur une tête décoiffée, le T-shirt XXL démesuré, bouffant, chutant sur le haut des cuisses, relayé par un short trop long de joueur de basket, les Nike nickel, je négociais crottes de chien et passants gênants dans une rue inondée par les rayons d'un soleil aveuglant. Un Français noir d'Amérique déambulant dans un vieux quartier de la vieille Europe, le Triomphe de la République, rien de plus banal. Ainsi le voulait le passé colonial de la mère patrie. Sauf que tout le monde n'était pas d'accord. Un clodo qui se dorait la pilule à l'entrée du métropolitain jetait, chaque matin, un coup de pied dans la fourmilière. Il sermonnait les bougnoules. « Bon Dieu de bon sang, Toucouleurs, rentrez chez vous. » Son ivresse permettant, il criait à tue-tête, réécrivait une version de l'histoire qui lui plaisait davantage. Le ressentiment était partagé. L'afflux massif de migrants sans papier n'arrangeait rien à son humeur qui reflétait celle de la collectivité. On serait bientôt trop nombreux à se disputer les

131

miettes de la prospérité. L'humanitaire lassait, et la charité ne lui semblait pas assez bien ordonnée. Les contrôles au faciès se multipliaient, augmentant la possibilité d'une bavure policière. Quelques marmots pourraient piquer une crise en public. Il fallait distribuer au plus vite les bavoirs et, à tout moment, montrer patte blanche, sauf que... exiger qu'un Nègre montre patte blanche, ç'était beaucoup trop demander.

Personne ne prenait ombrage. Les sans-couleurs avaient d'autres chats à fouetter. Mes amis, eux, comprenaient cette dualité, cet état de constante schizophrénie qui définissait nos existences de soi-disant Français de couleur. Un pied dans le plat, et l'autre dans la mer ; on nous accusait de communautarisme alors que la Nation ne nous acceptait pas, coupable de son légendaire chauvinisme, sa propre version du communautarisme — donc invisible à elle-même, une société majoritaire et bien-pensante — source de tous les communautarismes. Avec les potes, nul besoin d'expliquer, de se justifier, d'être sans cesse sur la défensive, le qui-vive, aux aguets de la prochaine insulte républicaine. Avec eux, mes motivations n'étaient suspectes que si mon comportement était suspect, sinon peace and love, toujours. Seuls importaient mon caractère et mes actions. Avant tout un individu avec ma propre histoire, je n'étais plus ce ramassis amorphe, problématique, bouc émissaire d'un pays en déficit d'idées novatrices dont parlaient des médias réducteurs. Ils nous cassaient les pieds, ces gens-là.

Ils nous rétrécissaient la tête pour nous faire gober un tout plein de non-sens sur qui nous étions, et ce dont nous étions capables, ou pas. Dans le monde des mâles, j'avançais d'un pas assuré. Je savais gérer l'animosité, me frayer un chemin sans état d'âme, ou sentiment de culpabilité. Je devais mettre fin à mes ruminations, et m'activer. On m'attendait à la MJC. Karim, Youssouf, Guy, Hervé et Kevin attendaient sans attendre. Je leur avais déjà maintes fois posé un lapin et fait faux bond. Ils ne se souciaient même plus d'amener des carottes. Mais, là, ça faisait un bail qu'on ne s'était vu, et mes Nègres préférés me manquaient. Par respect mutuel et affinité, nous nous étions liés d'amitié sur les bancs de la fac. À plusieurs reprises, dans nos parcours respectifs, nous avions suivis des cours ensemble. Le terrain de basket serait à nous pendant deux heures, après quoi nous irions déjeuner à un resto du quartier, comme au bon vieux temps de nos premiers pas sur le sol de la fac. Certains parmi nous vivaient déjà en couple. Kevin, lui, cachait mal une homosexualité qui se révélait dans ses plus petits gestes, ses moindres réactions spontanées, sa façon mesurée de bouger, son phrasé, son port, son regard, dans tout ce qu'il réprimait qui ressortait ailleurs, d'une façon ou d'une autre. On s'en foutait royalement. Il était sympa Kevin, et plus futé qu'un renard. Nous driblions corps et âme, livrés à cet instant de camaraderie. Je suais avec ces frères d'autres couches des quatre coins de la francophonie. L'effort faisait exploser mes poumons et mon cœur. Mes organes, en fait, m'acclamaient pour daigner finalement me soucier de leur forme. Ce jeu compétitif de trois contre trois mobilisait toute mon énergie et toute mon attention, inondant mon cerveau d'hormones, de doses massives de sérotonine et de dopamine qui exacerbaient mes sens, produisant en moi une euphorie intense. Le contact avec mes potes dégrisait mes cellules, rechargeait mes batteries, apaisait mon système nerveux, et me permettait d'évacuer mes angoisses. Faire la blague recalibrait mes attentes. Les boniments et les mots justes pour rire offraient de nouvelles perspectives sur la vie, faisaient railler, réfléchir, et nous empoignaient toujours d'une façon inattendue au détour de l'anodin. Je suffisais parce que j'étais suffisant. Avec eux, j'étais bien comme j'étais. Nul besoin de changer. Entre mecs, les conflits étaient rares, ouverts et explosifs. Ils révélaient la hiérarchie du groupe et préfaçaient une rupture sans retour. Nous les évitions comme le Sida. Chercher l'embrouille avec un homme équivalait à accepter toutes les éventualités, qu'on y laisse sa peau, ou le risque de se voir accusé d'un crime. On devait être prêt à laisser ses marques pour la postérité dans la mémoire des autres. On y mettait nos tripes, car nos réputations en dépendaient. Question d'honneur et de respect. Chez le Chinois, après les commandes, Youssouf annonça qu'il allait bientôt, dans moins de trois mois, se marier. Nous étions tous conviés. Sa fiancée s'occuperait de nous faire parvenir les cartes d'invitation.

— Cette fois, c'est la bonne, ajoutait-il.

— Comment le sais-tu ? demandais-je, incapable de résister.

— Elle attend mon bébé ! Non, sérieusement. Elle me plaît. Elle me donne ce qu'il me faut. Elle prend bien soin de moi. Elle gère bien ma thune. Elle s'entend avec la mater. Négro, que veux-tu de plus ? Tu sens ces choses-là.

Tout le monde éclata de rire.

— Que voulez-vous de plus, bande de tarés ? répétait Kevin comme s'il pouvait s'identifier à Youssouf.

On s'accordait qu'en effet, Youssouf avait gagné le gros lot. Hervé en profita pour annoncer qu'un groupe d'étudiants de son département organisait un voyage de quatre ou cinq jours à Prague. Il s'agissait d'une histoire de jumelage et le président de la fac ferait un discours. Le départ aura lieu dans deux semaines. Il me fixait du regard avec insistance, puis nous invita tous à être du voyage. Je répondais que je n'étais pas sûr de pouvoir me joindre au groupe. Ma vie était un bordel.

— Allez, fais un effort. Vivre, c'est aussi prendre du temps pour les potes. Tu ne le regretteras pas. Il ne voulait rien entendre.

Je rentrais en bus, n'ayant pas la tête à supporter les âneries d'un clodo aigri et tapageur. Il devait encore se trouver devant la bouche de métro à cette heure-ci. Je composais sans réfléchir, par habitude, le numéro de portable de Catherine. Il sonnait. Et, il sonnait encore. Elle ne répondait pas. La messagerie se déclencha. Je détestai parler à une machine. Malgré moi, je laissais un message. « Catherine, c'est Alain. Je pense à toi, ma biche. Je suis là pour nous. Garde notre enfant. Tu ne le regretteras pas. » Je le sentais déjà, la reconquête serait ardue.

***

Maintenant, elle prenait l'initiative, décidée à ne plus se contenter d'attendre que je me manifeste, ou que les choses arrivent par pure coïncidence, au petit bonheur la chance, dans notre relation. Non contente de simplement me voir à la fac, Soukeyna m'invita par texte à dîner à un restaurant sénégalais pas loin de Château Rouge. Elle était sur Paris, et rentrerait avec sa mère qui fermerait le salon tard ce soir-là. Elle avait aussi quelque chose à me remettre. Je m'inclinai devant Soukeyna. Son autorité morale, son aura, tout chez elle me plaisait ; ses légères intonations sénégalaises aussi quand elle s'emballait. Il fallait du courage et de la fortitude pour maintenir une ligne de conduite, et vivre ses valeurs dans un monde vénal. Pour mériter Soukeyna, il fallait savoir être à la hauteur de son courage. La corruption gagnait facilement du terrain en l'absence d'un caractère fort et intègre.

Ici, dans cette jungle de béton ordonné, sa capitale excentrée, l'Afrique francophone chavirait et se déclinait dans un chatoiement d'étoffes aux couleurs tropicales et équatoriales, vives. La présence africaine faisait de ce lieu un miroir, mais aussi l'extension d'Abidjan, de Dakar et de Brazzaville. Un meilleur nom que Château Rouge aurait été, la Porte de l'Afrique. On y trouvait ce qui ne se trouvait nulle part ailleurs, c'est-à-dire, de tout. Du vin de palme aux feuilles amères pour le Ndolé. J'approchais du restaurant, distinguant déjà au loin l'allure gracile de la femme incomparable qui épinglait encore et encore mon cœur débile. Abondance faite femme, elle perturbait la paix de mon esprit, et allumait un feu d'artifice dans mon désespoir.

Avant de pénétrer l'établissement rempli de clients multicolores, je l'embrassai sur les lèvres. Des Européens à l'esprit ouvert parsemés dans une foule allègre, sans inhibitions, assistaient à un concert intimiste en direct. Tout ce monde s'agitait dans une salle rendue exiguë par leur nombre, où la bonne musique et la bonne bouffe faisaient bon ménage. Nous dansâmes quelques pas avant qu'on ne nous place à une table. Je voulais que Soukeyna commande pour nous deux et me surprenne. La nuit lui appartenait. Par le sacrifice consenti, même non consommé, elle m'avait prouvé sa dévotion.

— Comment va Boubacar ?

— Il est sorti. Tout va bien. Il se tient à carreau. Il a eu la peur de sa vie. Il va à l'école et puis rentre directement.

— Le pauvre. Et le juge, il dit quoi ?

138

— Le juge lui a donné un an avec sursis. À la majorité, son casier sera expurgé.

— À dix-huit ans. Tant mieux. Ta mère doit être soulagée.

— Très. Mais, il ne le sait pas encore, à la fin de l'année scolaire, il retourne au Sénégal. Il sera avec notre père. La vieille n'en peut plus. Il a besoin de la discipline d'un homme de poigne. Il sera servi. Tiens, avant que j'oublie.

Soukeyna retira une grande enveloppe de son sac. Je l'ouvris. Elle comportait les noms des membres de sa famille en Guadeloupe. Des adresses. Quelques photos de sa mère à des âges différents, et un homme en uniforme qui tenait dans les bras une petite fille. Et finalement, les photocopies d'un livret de famille.

— Je ferai de mon mieux. Donne-moi un peu de temps.

— Prends ton temps, Alain. Au sujet de l'autre soir, je veux que tu saches que si j'étais prête à tout, c'est parce que je tiens à toi, et je crois en nous. Tu comprends à quel point tout ça est important pour moi, donc je te fais confiance. Je fais un effort. Tu dois me promettre d'être patient avec moi.

— Tu devrais vraiment avoir à faire aucun effort. Ce n'est pas sain pour toi. C'est vraiment tout à ton honneur d'avoir des principes. J'aurais aimé être comme ça !

— Je ne comprends pas !

— Tu ne devrais faire que ce qui est bien pour toi, pour éviter de vivre dans le regret. Imagine à quel point tu te serais détestée, et m'en aurais

139

voulu si j'avais été jusqu'au bout de mon désir. Mon geste aurait changé ta vie. J'aurais été content, mais toi, tu n'étais pas prête. Reste comme tu es. Y a pas le feu !

Le repas fut servi. Soukeyna m'avait commandé un poulet au yassa, sur un lit de riz djollof croulant sous l'oignon. Elle attaquait déjà son firire, un poisson frit accompagné d'une sauce à l'oignon et de pommes frites. Je partageais sa soupe de kandia, question de goûter, puis buvais un gingembre piquant et rafraîchissant, comme je l'aimais. Elle se délectait avec son bouye dans la main, une boisson exquise faite à partir du pain de singe, le fruit du baobab. On disait qu'il guérissait le rhume des fesses. Le concert terminé, nous mangions dans un silence rythmé par nos sourires complices. Décidément, ce samedi était de tout délice. Au paroxysme du contentement, une partie refoulée de moi-même signala soudain sa présence. Un ange mesquin veillait. Le diablotin vert montra sa queue. Il cherchait à saboter mon bonheur. Pour lui, j'étais indigne de tant de bonnes choses. On aurait dit man Yenne. Il me ferait payer cette bonne fortune. Un tiraillement insupportable reprenait ses droits. Au fond de mon inconscience, je m'acharnais à fréquenter cette femme qui m'ébranlait, même si je ne la méritais pas, et désirais me transformer en mieux. Comment concilier la grossesse de l'une et la fréquentation assidue de l'autre ? Ce qu'elle ne savait pas ne pourrait la blesser ! Devais-je finalement être honnête ? Si quelqu'un le méritait, c'était bien elle.

Mais pourquoi ? Le jeu de l'entre-deux comportait son propre ravissement. Pourtant, je comprenais que ce que je gardais secret définissait mon caractère et ma moralité. Une conscience proprette et rebutante que j'aurais tout donné pour ignorer m'empêchait de l'oublier. Elle ne pouvait être mienne. Je n'étais pas un sot, ni un ami de la vertu. Au dessert, juste avant le café, je la voyais venir et, prenant mon courage à deux mains avant qu'elle n'interroge ma mine subitement assombrie, je décidai de tout déballer. Résigné, levant les yeux de mon thiakry, d'une voix étranglée, j'annonçai :

— L'autre femme que je fréquentais m'a récemment informé qu'elle est enceinte…

Pétrifié, j'attendais l'avalanche. D'une voix étouffée, elle parvint à faire sortir :

— Quoi ? Pourquoi me fais-tu ça ?
Ébranlée par le chagrin, elle scannait la salle tout d'un coup éperdue.

— Je voulais être honnête, comme tu l'es avec moi. Elle et moi, c'est fini.

J'arrivais à peine à justifier mon élan et à défendre mon excès. J'avais honte.

Découragée, Soukeyna laissa rebondir bruyamment sa cuiller sur la table. Elle me scrutait d'un air désorienté. Sinistre. Intense. Je baissais les yeux. On aurait dit que son monde venait de s'effondrer.

— Je n'ai cure de ton honnêteté. T'es un vrai salaud, Alain.

— Justement. Je ne veux pas être un salaud, Soukeyna. Je suis en train de t'expliquer que j'essaye de changer. Et je tiens à toi. Donne-moi le temps de ranger mes affaires. Mon intention n'était nullement de te blesser.

— Je ne sais quoi te dire. Je tombe des nues. Laisse-moi partir.

Elle se leva précipitamment pour s'enfuir. La violence de son départ m'éveilla aux curieux alentours qui, sans pudeur, assistaient à la scène comme on regarde un feuilleton à la télévision, l'air de dire « T'es vraiment qu'un pauv' type ». Mon regard déconfit forçait le leur à s'estomper. L'honnêteté, la transparence, ouais ! Des foutaises, tout ça. Je venais de perdre une des meilleures choses qui m'étaient arrivées, la femme que j'aimais le plus dans cette vie de merde. Je me sentais si seul que j'eus envie de chialer. En même temps, ne rien divulguer aurait probablement été bien pire. Quel choix avais-je ? Le stress de la duplicité ou la sérénité de l'honnêteté. J'étais sur la bonne voie, presque un géant. Bête ou méchant, le courage ne me manquait plus. Le voile était tombé. J'étais seul. Nu. Aveugle et sourd, mais profondément paisible et soulagé, dans la nuit d'un monde qui ne respecte que l'artifice et l'hypocrisie.

***

Le lundi suivant faisait deux jours déjà que Catherine n'avait pas rappelé. Sûrement, elle avait écouté mon message. Pensait-elle que je lâcherais l'affaire si facilement ? Elle portait mon bébé, la chair de ma chair. Elle détenait un atout principal, un levier non négligeable. L'avenir de notre enfant dépendrait de notre coopération. Je m'entendrai avec elle, comme jamais auparavant. Pour forcer la rencontre, et finalement la voir, entre deux cours, je décidais de m'arrêter au bureau des profs. Elle ferait la gueule, c'était sûr, mais serait quand même obligée de m'adresser la parole. De plus, elle comprendrait ma détermination. Ne voulait-elle pas que je me batte pour elle ?

En classe, l'exposé d'un camarade sur la volonté de puissance de Nietzsche me fascina tant qu'il arriva presque à me faire oublier ce que je devais faire. Toutes les discussions sur le réalisme de Nietzsche me revigoraient. J'aimais ses idées sur la moralité. Tout ce qui donne plus de vie est bon. Tout ce qui nuit à la vie est mauvais. Ce que l'on dénommait communément la moralité ne m'avait jamais séduit, trop enclin à protéger les intérêts de la classe dominante. Ma volonté s'imposait comme l'instrument de ma transcendance. Cette philosophie avait tout pour me plaire. Ma volonté de puissance me guidait vers le bureau de la scolarité où les secrétaires servaient de garde-fous, passages obligés vers les enseignants. Il était onze heures.

— Mademoiselle Courtaud ne peut pas vous recevoir pour le moment.

— Quand alors ?

— Laissez vos coordonnées, et elle vous contactera.

— Je repasserai avant l'heure du déjeuner.

Je laissai une missive hâtivement rédigée. Et en route pour le prochain cours, j'appelai son portable pour y laisser un message. « Catherine, je viendrai te voir chaque jour à ton bureau si tu refuses de me parler. Pourquoi ce silence ? »

Au départ, appréhensif, maintenant, l'idée de devenir papa m'enthousiasmait. Dans moins de six mois, bien avant la naissance, j'aurai empoché ma maîtrise en droit, et finirai par dégoter un poste dans la fonction publique après un concours quelconque. Sinon, je continuerai l'étude pour devenir avocat. Je le sentais, cet enfant me porterait chance. Il mettait déjà de l'ordre dans mes idées. L'échec devenait inconcevable, quelque chose sur quoi je n'avais pas le droit de m'attarder. Mes camarades poursuivaient des études et moi, je luttais pour ma vie et celle de mon enfant à venir la rage au cœur, ce qui me donnait l'avantage en matière de motivation. Plus que tout au monde, je tenais à réussir et à chambarder le sort. C'était du pareil au même. Me laisser aller était me dérober à

144

mes responsabilités, même si personne, à part tatie Olga, n'attendait rien de moi ; faire honneur à mes parents servirait à assurer que leurs sacrifices n'auraient pas été vains. L'échec ébranlerait mon estime de moi et donnerait à l'existence un goût amer. À douze heures, on m'informait encore une fois qu'un emploi du temps trop chargé empêchait mademoiselle Courtaud de me recevoir. J'insistai un peu puis, désabusé, m'en allais cahin-caha.

Ce soir-là, Catherine m'appela. D'abord furieuse, elle m'invectivait. Je valais moins qu'un cancrelat, disait-elle. Il me fallut quelques secondes pour la comprendre. J'éclatai de rire. Chez moi, on appelait ça, un ravet. Cet insecte infect, hyperactif, porteur de microbes, déclencheur d'allergie, qui rampait sur nos sols à la recherche de déchets organiques et éparpillait ses excréments partout pour nous braver. C'est moi qu'elle comparait à ça ?

— Je suis un cafard qui te cherche, Catherine. Ça fait quoi de toi ?

Surprise. Elle ne riait pas.

— Il faut qu'on se voie. Je suis prêt à faire une grève de la faim et à camper devant ton bureau, s'il le faut.

— Pourquoi ?

— Tu es encore ma femme, que je sache. Non ? Si tu as changé d'avis, tu me le diras en face.

Elle ne parlait plus. Le silence m'assourdissait.

— Allô !

— Je suis là. Tu m'as fait très mal, Alain. Tu m'as abandonné. Ton silence, je ne te le

145

pardonnerai jamais. Tu m'as fait endurer un supplice.

— Je m'en excuse. J'ai eu peur, Catherine. J'avais un choix à faire. Dîne avec moi demain soir.

— Non. J'te ferai signe quand je serai disposée à revoir ta sale tronche. Et arrête de te pointer à mon bureau comme ça. Tu vas faire jaser.

Promets-moi deux choses alors. Tu gardes le bébé et tu gardes ta culotte. Je t'aime.

Je me sentais mieux. Tant qu'on parlait, ça irait. Tout restait possible. Seul le silence entre nous m'effrayait.

Je lisais mes manuels scolaires comme un enragé. Étudier m'empêchait de penser à mes problèmes. Je voulais quitter ce campus une fois pour toutes, et ne jamais y retourner. Il me serait plus facile de le faire, et de m'inscrire ailleurs, qu'il ne serait pour Catherine de décrocher un autre poste. C'était son campus, et celui de Soukeyna aussi.

Quand je n'étudiais pas, je meublais mon temps comme je le pouvais. Les médias sociaux m'aidaient beaucoup à le gaspiller. L'envie me prit d'aller faire un tour du côté de sa page Facebook. Catherine n'affichait que très peu de photos. Elle y faisait la moue comme quelqu'un qui n'avait jamais appris à sourire. Là, où elle devait indiquer son statut, elle avait remplacé, « en couple » par « C'est compliqué. » Cela me fit sourire. Au moins, c'était bien mieux que « Célibataire. »

Subitement, une idée folle me traversa la tête. « Et, si elle me trompait. » Le jour où je m'étais caché, j'avais bien vu cet homme mal fagoté à la tête d'intello qui, comme un toutou, tressaillait auprès d'elle, lui léchant les bottes. Il empestait cette France profonde, celle à laquelle je n'avais pas accès. Moi, je représentais cette France d'outre-mer, périphérique, aux rivages lointains, si ouverte à tous les métissages qu'elle se faisait prendre par-derrière. En moi, disait-on, trois continents s'affrontaient sans qu'un seul ne s'impose. L'histoire en avait décidé ainsi. C'était faux. Je ne sentais l'appel sincère que d'un seul continent, le plus riche, le plus sombre et le plus désœuvré, celui à qui l'avenir appartenait malgré l'afro-pessimisme qui planait.

Pour me faciliter des études approfondies, un prof que j'affectionnais me proposa un poste de chargé de cours après les examens. Les choses se mettaient déjà en place. L'univers m'envoyait des signes favorables. Man Yenne en prenait pour son grade. J'étais aux anges. J'essayais de me calmer tant bien que mal pour éviter de réveiller la déveine.

Cette grossesse qui m'enfantait, je voulais qu'elle fasse de moi le maître de mes passions, un créateur en puissance ; que cette future chair de ma chair représente une victoire sur la fatalité, et devienne l'expression de mon ultime conquête ! Chaque soir, j'étudiais jusqu'à ce que la nuit m'emporte. Cet enfant procréé dans le doute et la confusion, je devrai mériter son estime. Catherine me rappela deux jours plus tard pour m'inviter à l'accompagner à une clinique le mardi suivant

147

dans la matinée. Elle semblait de meilleure humeur. Mon cœur lâcha.

— J'ai besoin de ton soutien, disait-elle. Si je suis trop faible pour rentrer seule, j'aimerais que tu sois là.

— Donc, tu persistes. Ne vois-tu pas la chance que nous avons ?

— Je ne veux pas assumer cet enfant seule.

— Tu n'es pas seule, Catherine. Je suis là, à toi et avec toi, complètement. Épouse-moi. J'ai pratiquement mon diplôme en poche. On partira aux Antilles si tu le souhaites. On fera des bébés en pagaille. Tu ne travailleras que si tu en as envie.

— Et cette fille ?

— C'est fini. J'ai fait mon choix. Je lui ai parlé. C'est toi que je choisis.

— Je ne sais pas. Je ne peux pas garder cet enfant dans ces conditions. S'il te plaît, n'ébruite pas ma grossesse. Personne ne sait.

— Dis-moi vraiment ce qui se passe. Tu as changé si subitement.

— Mardi matin, sois chez moi à neuf heures. Le rendez-vous est pour dix heures.

— J'ai un contrôle important ce matin-là. Si je le rate, c'est foutu pour le diplôme. Je passe te voir samedi. On doit causer toi et moi. Ce bébé est notre trait d'union.

— Au revoir, Alain. Ne viens pas samedi. Tu n'es plus le bienvenu. Je ne peux nier que tu as été un moment important de ma vie. Avec toi, j'ai connu une sexualité épanouie. Tu as été un amant formidable, attentionné, attentif à mon plaisir, comme au tien. L'alchimie entre nos deux corps

148

est indéniable, je n'en disconviens pas. Mais l'écart entre ce que tu dis et ce que tu fais est trop grand. De plus, rien ne semble tabou chez toi. Cette sensualité décomplexée est déstabilisante. Je ne supporte plus ce remue-ménage de chair, cette hantise du plaisir. Je n'en peux plus.

— Catherine. S'il te plaît, ne tombe pas dans les clichés réducteurs et racistes. T'es plus futée que ça !

— C'est fini, Alain.

Pour le moment, plus que de mon jugement, elle avait besoin de mon soutien. Dès que je le pus, j'achetai un bouquet de fleurs, et me dirigeai chez Catherine. Ce matin-là, elle avait interrompu sa grossesse. Pas exactement ce que je voulais, mais je devais me résigner ! Elle disposait de son corps comme elle l'entendait. Cela ne changeait en rien mes sentiments. Le contrôle s'était bien déroulé. Le droit constitutionnel, je me plaisais à croire, ne possédait plus aucun secret pour moi. J'attendais une bonne note. Bizarrement, la rue de Catherine était plus calme qu'à l'accoutumée. Pas un chat en vue. J'appuyais sur le bouton de l'interphone. Rien. Encore et encore. Le portail ne bougeait toujours pas. C'était à croire qu'elle était tombée dans un profond sommeil. L'intervention avait dû être traumatisante. La pauvre. Je téléphonais. Elle ne répondait pas. Je m'inquiétais, et je faisais les cent pas le long de l'immeuble. Demain, j'accompagnerai Hervé et toute la bande à Prague, donc, je ne décollerai pas du coin sans l'avoir vu ce

149

soir. Dix minutes plus tard, la servante polonaise du dernier étage, en sortant de l'immeuble, me reconnut et me garda la porte ouverte. Haletant, je la remerciai, et pénétrai l'immeuble. Je me hissai à l'étage, et, cherchant à la réveiller, activai la sonnerie de l'appartement de Catherine plusieurs fois en vain. Puis, j'appelai encore le téléphone, prêt à laisser un message. Je m'installai sur une marche d'escalier à la hauteur de la porte, un livre de droit à la main. Il était dix-huit heures cinq. Deux heures plus tard, mon portable sursauta. C'était Catherine.

— Que veux-tu ?

— Je suis devant ta porte depuis deux heures déjà. Je suis passé voir comment tu vas.

— Je vais bien. Ne t'inquiète pas pour moi. Je ne rentre pas ce soir. Pas la peine de m'attendre.

— Où es-tu ?

— Avec Sylvie. Laisse-moi tranquille. Je n'ai pas envie de te parler.

— Il le faudra bien pourtant.

— Pas maintenant. Je te rappellerai.

— Ça s'est passé comment ?

Elle avait raccroché, distante et jamais disponible. Je prenais note. Cette Catherine, je lui en voulais de me traiter comme un étranger. Je combattais le sentiment de l'avoir perdu pour toujours. Dans le même mois, j'avais perdu les deux femmes que j'aimais le plus. Une par manque de délicatesse en mentionnant la grossesse de l'autre, et l'autre à cause d'un long silence vécu comme un affront. Ce matin, au moment où elle avait eu besoin de moi, je lui avais fait faux bond. J'essayerai encore de prendre contact avec elle après mon retour. Pour l'heure, un peu d'espace nous ferait du bien. Je n'avais qu'une envie, partager mon malheur avec mes potes. Ils me chahuteraient, pour sûr, mais ils sauraient aussi être de bon conseil.

Pour ne pas avoir à réfléchir, le lendemain, je passais une partie de la journée à regarder la télé. Mon sac était prêt, mes papiers étaient sortis. Le départ de la gare routière Galliéni avec Eurolines était prévu pour 18 heures. Les potes et moi, avions rendez-vous à 17 heures. Voyage providentiel. Pour la modique somme de 54 euros, j'allais échapper à mon tourment d'amour pendant quatre jours, changer d'air et ne plus avoir à me préoccuper d'une femme. Je fis un saut rapide à la banque pour retirer de l'argent. J'appelais Soukeyna cherchant à prendre de ses nouvelles. Rien à faire, le numéro était déconnecté. Les Parisiens enfermés dans leurs bulles vaquaient à leurs occupations. Et moi, dans mon monde parallèle, je plaignais le sort. Elle avait été après tout, la femme de mes rêves. J'étais tombé dans les filets que je m'étais tissé. Je cherchais à présent le moyen d'avancer, de triompher et de retrouver confiance en moi. Je débutais dans la vie. De ce point de vue, j'étais un puceau ! À 17 h 10, je fus le dernier à me pointer à la gare. La bande, Karim, Youssouf, Guy, Hervé et Kevin, au grand complet, me présentait d'autres étudiants vaguement aperçus auparavant, mais jamais rencontrés. Le joyeux lot était à plus de 60 pourcent composé de femmes pleines de vie, accueillantes et coquines. J'écoutais distraitement quelqu'un pour la énième fois expliquer les raisons du voyage. Une histoire de jumelage avec l'université Charles de Prague, la plus ancienne d'Europe centrale. Elle comptait plus de 42 000 étudiants, et patati et patata. Je m'en tapais, j'avais mes propres raisons d'être du voyage. Une Asiatique assez mignonne approchait d'un pas assuré. Son bronzage intense la distinguait du lot. Elle me serra la main et devant mon air désorienté, se présenta. J'étais, disait-elle, un ancien camarade de classe. Elle se trompait sûrement. Je m'en serai souvenu. Elle semblait carrément moins réservée que toutes les Asiatiques avec lesquelles j'avais été en classe. Malgré de multiples efforts je ne me souvenais pas d'elle. Elle connaissait pourtant mon nom, et disait tout savoir de moi, le plus important, en tout cas. J'étais un très bon étudiant, un peu dragueur sur les bords, mais un chic type quand même. Je l'avais impressionnée en première année de philo, et elle n'avait pu m'oublier. Je l'avais remarquée moi aussi, mais seulement quelques mois plus tôt, à la bibliothèque, une ou deux fois. Elle était typée et remarquable. Une bombe du campus, comme on appelait ces terroristes qui chamboulaient les cœurs. Celle-ci passait pour une forteresse imprenable. Elle détonait dans une foule terne. Quelques mois plus tôt, je n'avais pas pensé judicieux d'initier le contact. Avec Catherine et Soukeyna déjà sur le même campus cela n'aurait fait que compliquer les choses. Cette femme canon, coquette, et dans le vent, s'était campée devant moi, et réclamait toute mon attention. Elle me parlait avec entrain, sans minauderie, allant directement à l'essentielle, comme quelqu'un qui avait peur d'oublier quelque-chose. Elle n'en démordait pas, nous avions fait une première année de philo ensemble, il y avait plus de trois ans. En première année, la seule Asiatique de la classe avait été si complexée qu'elle disparaissait tout le temps dans le décor. Celle-ci était trop belle, trop extravertie, et trop confiante. Je répétais qu'elle se méprenait. Me connaissant, je l'aurais abordé depuis.

Imperceptiblement crispé, j'essayais de garder mes distances, alors même que les feux vigoureux de l'amitié qu'elle attisait et l'aura qu'elle émettait, m'incitaient à l'écouter davantage. Hervé me fit un clin d'œil entendu. Puis, il encouragea les potes à s'écarter pour nous laisser tranquilles. Ce que je ne savais pas encore, c'est que c'était elle qui l'avait chargé de me convaincre d'être du voyage. Déjà, elle me faisait rire, et me tapotait le bras en riant aussi. Elle avait le contrôle. Elle tenait mon attention en otage. Dans le bus, cherchant à poursuivre la discussion, elle s'assit à mes côtés. Elle prenait toutes ses aises. J'étais captif. Originaire d'une famille de paysans pauvres du Sud de la Chine, Céline avait été adoptée à la naissance par un couple d'aventuriers français. Elle souhaitait devenir journaliste comme ses parents. Elle avait elle aussi le goût de l'exploration. Voyageuse avertie, de nature curieuse, elle était elle aussi une avide lectrice. Nous discutions de livres. Plus réservé qu'elle, je taisais mes origines. Qu'aurais-je pu lui raconter qui n'aurait pas comme une douche froide éteint le feu qu'elle attisait ? Être accepté exigeait que notre histoire personnelle soit acceptable. Je la trouvais fascinante et un tant soit peu envahissante. De toutes les façons, elle ne demandait rien. Ne savait-elle pas déjà tout de moi ? Je ricanais, et puis, elle mentionna ma tante Olga. Elle disait l'avoir rencontrée dans le courant de la semaine de mon inscription en fac. Une dame très gentille avec laquelle elle entretenait encore des relations épistolaires. La description était parfaite. Surpris, je m'inclinais. Je me rendais bien compte qu'elle ne s'était probablement pas trompée sur la personne. Troublé, je me refusais à creuser. Trop méfiant de ce qu'elle aurait pu sortir d'autre à mon sujet. De toutes les manières, j'avais le temps. Je ne parlerai pas à mes potes, ce soir-là. Une belle amitié se profilait. Elle m'avait parlé de quelqu'un que j'aimais, et d'autres sujets qui m'intéressaient. Elle savait retenir mon attention, et attiser ma curiosité. Bien qu'elle m'effrayât un peu, son intérêt pour moi la rendait intéressante. Je l'écoutais parler pendant des heures interminables et puis, surtout pour la faire taire, je lui proposai finalement de regarder un film d'action sur le petit écran de mon Mac. Sur les coups des 23 heures, la tête sur mon épaule, elle plongea dans un profond sommeil. Bingo ! Ses longs cheveux noirs, soyeux et raides, en bonne santé, avaient investi ma poitrine. Ils sentaient bon. Un maquillage léger agrémentait la fraîcheur de son teint uni, hâlé et éclatant, délicatement brossé par un soleil magnanime. Le grain de sa peau semblait lisse et ferme. Malgré ses yeux fermés, je voyais encore le regard doux, innocent et plein de sollicitude qu'elle avait cherché à imprimer dans ma mémoire. Tout passait par le regard avec elle. Il était si intense, si envoûtant que j'en oubliais son corps frêle. Céline était svelte, peut-être trop même. Il lui manquait le large fessier et les courbes généreuses que j'affectionnais. Sa taille de guêpe mettait en évidence un popotin rond, mais menu. Je n'étais malheureusement pas sur le marché et éviterai de l'induire en erreur ; nouvelles résolutions obligeaient. J'avais fait assez de dégâts comme ça. Catherine, en dépit de ses déclarations intempestives, faites dans un moment d'anxiété, restait ma priorité. Ce qui ne changeait rien au fait que Céline m'enivrait terriblement. J'avais déjà perdu mon premier amour, Soukeyna. Il n'était pas question aussi que je perde Catherine. Je me tiendrais à carreau. Posé, au calme, je maintenais mon cool et, pour la première fois, le contrôle de moi-même car, au fond, je n'attendais rien de Céline. Cela ne m'empêcherait pas de me prélasser dans son attention. Pris individuellement, ses traits semblaient ordinaires, mais considérés de concert, ils dégageaient quelque chose de singulier. Une beauté frappante et surréelle qui, conjuguée à son regard, avait le pouvoir de liquéfier un cerveau. C'était donc une sorcière, une bombe sexuelle, un

155

danger public. Rester en sa présence trop longtemps aurait des effets pervers, dévastateurs, sur mes nouvelles résolutions. Pour l'instant, elle dormait. J'étais soulagé. Comme presque tous les autres voyageurs, moi aussi, je devais trouver le moyen de reposer mon cerveau. Il travaillait trop. Il survoltait, risquant de me rendre vulnérable aux attaques de toutes sortes.

À huit heures trente le matin, nous arrivions à Praha, ÚAN Florenc, dans cette vieille ville de deux millions d'habitants en Europe centrale. Les autres passagers du bus disparaissaient déjà dans la bouche du métro de Florenc, ou dans le tramway un peu plus loin, à 250 mètres. Nous étions surpris de voir un Burger King dans la gare routière. Le capitalisme américain, fidèle à lui-même, apportait sa pierre à la perversion des habitudes alimentaires du globe. Notre groupe de vingt et une personnes se précipita d'abord vers le minuscule bureau de change afin d'échanger des euros pour des couronnes tchèques, puis se déversa au compte-gouttes dans le temple de la mal bouffe, ou encore aux toilettes de la gare. Je choisissais les toilettes. Cette gare routière n'avait rien pour séduire. Même propre, elle était aussi morose que les autres gares que j'avais fréquentées, un lieu de transition, un maillon néanmoins utile dans l'articulation d'une vie en mouvement.

Il fallait s'orienter, trouver le car envoyé par la fac tchèque pour nous conduire à la pension Kern, à dix minutes du centre-ville. À 35 euros la nuit, et un petit déjeuner offert depuis le premier jour, nous n'avions aucune raison de nous plaindre. Un pan du bâtiment recouvert de plantes grimpantes et la verdure luxuriante alentour créaient l'illusion d'avoir atterri en pleine campagne. Nous oubliions presque que nous nous trouvions dans un quartier résidentiel de Prague. Le petit déjeuner en compagnie de Céline fut exquis. Il se dégusta dans un silence groggy. J'avais oublié Soukeyna et Catherine. Mon intuition me faisait miroiter des lendemains chantants. La vie crépiterait quoiqu'il arrive.

Nos sacs déposés pour un temps dans le bureau du responsable de la pension, avec Karim, Youssouf, Guy, Hervé et Kevin, je partais traîner en ville. Les chambres ne seraient disponibles qu'après deux heures de l'après-midi. Les femmes avaient décidé de rester à la pension, et d'attendre. Elles avaient mal dormi dans le bus, et après un voyage inconfortable de quatorze heures trente, elles étaient encore fatiguées. Ça se comprenait. Le regard langoureux de Céline indiquait son désir de se joindre à nous. Faisant semblant de ne rien comprendre, je la saluais de la main, puis filais. Les passants ne s'attardaient guère sur nous, comme on pouvait s'y attendre dans une ville cosmopolite. Dans les quartiers excentrés, là, c'était une autre histoire. Les enfants accouraient pour nous toucher la peau. Ils voulaient savoir si l'on déteignait. Ils nous auraient frottés dans la plus grande jubilation, juste pour voir. Rien de bien méchant, tout ça. Nous visitions Josefov, le ghetto juif de la vieille ville. Prague était un joyau architectural. Au centre-ville, sur un pont piéton féerique surmonté de statues, le pont Charles, parmi des artistes de rues chevronnés en musique classique, et d'autres, excellents dans leurs genres, on distinguait des passants qui venaient de partout. Cette ville de vibrations m'enchantait. Du haut du pont, j'apercevais le château de Prague. Pour entrer dans la maison de Franz Kafka, il nous fallait baisser la tête. Les gens de son époque étaient donc minuscules par rapport à nous. La cloche d'une cathédrale sonnait déjà les coups de cinq heures du soir. Il nous fallait nous dépêcher de retourner à la pension. Demain, nous étions attendus tôt à l'université Charles. Celle-là même qui, fondée en 1348, avait été bâtie sur le modèle de la Sorbonne. Je me contenterai de suivre le groupe et d'assister patiemment à la cérémonie. Nous devions servir de chefs de claque pour le président de notre établissement. Il allait être à l'honneur. Moi, je ferai simple acte de présence. Céline ne daignait plus me lâcher. J'allais être, disait-elle, son garde du corps. Après le protocole, les longs discours pédants, et les formalités de rigueur dans de telles circonstances, des étudiants tchèques et slovaques sympathiques nous invitaient à les rejoindre en boîte le soir même. En attendant, Céline insistait pour que je l'accompagne à un restaurant. Elle me dérobait encore une fois à mes potes. Ne voulant pas réveiller le petit diable qui sommeillait au fond de moi, par la parcimonie de mon propos, je tentais soigneusement d'éviter de lui donner de faux espoirs. Une détermination sans ambages se lisait dans son regard. Elle cherchait le rapprochement, le vague à l'âme.

Agréablement surpris de nous voir, le disc-jockey se mit à jouer du James Brown. « Say it loud. I'm Black and proud. » Il devait nous prendre pour des Américains. Flattés par son attention, avec nos nouveaux amis tchèques et slovaques, nous prenions la piste de danse d'assaut et nous mettions à gigoter sans aucune retenue. Pas timide pour un sou, Céline s'en donnait à cœur joie. Beaucoup dans la salle nous rejoignaient dans l'allégresse. Toutes les filles s'éclataient aussi. Celles qui ne savaient pas danser se cachaient dans la foule pour gesticuler. Ça n'avait aucune importance ! Des Tchèques éméchés que nous ne connaissions pas nous imitaient, puis s'asseyaient avec nous à notre table. La Pilsner coulait à flots, offerte par les parfaits inconnus. Les seuls mots que nous arrivions à comprendre étaient « no racismus », et le reste nous dépassait. Dans l'excitation générale, un Tchèque entreprenant alla jusqu'à embrasser Céline de force sur la bouche. Elle m'appelait à la rescousse par un regard alarmé. Je ne bronchais pas. L'homme s'était simplement emballé, frappé par sa splendeur. Rien de bien méchant. Déjà, il la quittait n'insistant plus. Il venait peut-être de gagner un pari. Pour dissuader les prochains qui seraient tentés de la prendre pour une poupée gonflable, elle se rapprochait de moi, donnant l'impression que nous formions un couple. La place manquait, notre table avait rapetissé depuis notre arrivée. La boîte était bondée. Incapables de mettre un terme aux débordements d'un accueil chaleureux, étouffant, qui n'en finissait pas, encerclés par une ribambelle de fêtards sympathiques, nous options pour tirer notre révérence plus tôt que prévu. Retardés dans notre fuite par une profusion d'accolades, un à un nous regagnions la fraîcheur de la rue. Tout le monde enfin sorti, le groupe se mit en branle. Nous avancions vers la place où plus tôt nous avions repéré une file de taxis. Derrière nous, tout à coup, quelqu'un s'égosillait en anglais. Inattendus, quatre militaires américains, en uniforme, probablement en permission, éloignés de leur caserne en Allemagne, nous apostrophaient avec une hargne qui leur défigurait le visage. « Fried chicken eaters », « Porch monkeys », « watermelon lovers ». Nous pouffâmes de rire à l'unisson. Ces mots que nous comprenions très littéralement, ne signifiaient rien pour nous d'un point de vue culturel. Nos notions d'anglais avaient pourtant été suffisantes pour comprendre. Nous aurions dû être offensés. Il était bizarre et ridicule de s'entendre accuser d'aimer se prélasser sur une véranda, d'apprécier les pastèques et le poulet frit. Nous nous sentions davantage agressés par la laideur de leurs gestes et leurs figures grimaçantes, simiesques même, que par leurs mots vides de sens et de portée. Ce qu'ils pensaient de nous en disait long sur eux. Qu'ils étaient bêtes et méchants ces soldats ! Les Américains étaient-ils si laids et si primaires ? Ils nous avaient pris pour des leurs, eux aussi. Nous pressions le pas, mettant une plus grande distance entre eux et nous. Les femmes craignaient le pire. On ne pouvait pas prévoir ce que des gorilles blancs qui s'agitaient de la sorte pouvaient faire comme dégâts. Le bruit des voix d'outre-tombe cessa pour faire place aux débattements d'un soldat retenu par ses camarades de ce côté de l'Atlantique. Dans les cinq taxis, une fois en sécurité, les femmes déliaient leurs langues.

— C'est ça être un Noir ?

— Parfois, oui. Ça arrive.

— Eh ben. Merde alors. J'ai donc beaucoup de chance d'être une Blanche. Je ne m'en rendais pas compte.

— Ça dépend. C'est cool aussi d'être un Noir, surtout quand les becs blancs ne sont pas si tarés.

Céline éclata de rire.

Je passais les jours suivants dans le calme des musées, des cathédrales, et des usines, accompagné de mes potes et de quelques femmes sympas dont Céline. L'atmosphère était à la frilosité. L'on parlait peu. Le jour du retour approchait. J'allais bientôt retrouver mon train-train, et mes soucis quotidiens. Et, j'appréhendais ce retour nécessaire. À Paris, je ne serai plus une rock star. Le jour J, notre groupe fut le premier à s'installer dans le bus, suivi par des lycéens français et leur accompagnateur, un religieux sévère, et puis des couples d'amoureux. Celui qui nous avait servi d'interprète, un Franco-Tchèque amical, retournerait en France dans une semaine. Il devait passer voir son père quelque part dans une autre ville de la République tchèque. Depuis plusieurs heures le bus ronronnait. Je ne savais pas exactement où nous nous trouvions. Très certainement en pleine campagne, car seuls les phares perçaient la nuit enveloppante. Au retour, avant que Céline ne réquisitionne la place, Guy, cette fois, s'était assis près de moi. Il n'y avait plus de place. Nous nous étions installés tout au fond du bus, sur la banquette arrière. Nous papotions en sourdine de tout et de rien. Un jeune Tchèque et un moins jeune Français, à peine cachés au fond du bus, se refilaient des aiguilles. Nous faisions mine de ne rien voir. Ils se piquaient dans l'avant-bras avec des aiguilles entachées de sang qu'ils jetaient sur le sol à leurs pieds avant de se perdre en grimaces jubilatoires. Je disposai d'un billet pour Paris, pas d'un aller simple pour la Psychédélie. Guy et moi étions prêts à nous défendre coûte que coûte avec les moyens du bord, une fourchette et un couteau en plastique à la main chacun. Ces deux camés n'avaient aucun égard pour nous, des points noirs dans la nuit sur un continent blanc. Nous pâlissions de peur, mais cela ne changeait rien. Nous craignions, les regards vitreux, avant ; les mouvements saccadés, imprévisibles, indicatifs du manque, pendant ; et, les yeux dilatés qui se retournaient derrière la tête après la défonce ; mais surtout, nous craignions les aiguilles sur le sol, qui toutes les deux heures tombaient. Incapables de fermer l'œil, nous craignions le pire aussi. Cette situation ne pouvait plus durer. Profitant de leur somnolence, nous irions voir le chauffeur pour lui expliquer la situation. Finalement, arrivés à une aire de repos aménagée juste après la frontière française, après avoir laissé ceux qui ne dormaient pas sortir se ravitailler, et faire leurs besoins, son

162

assistant appela la police. Il faisait finalement quelque chose. Quand la police arriva, les deux toxicos avaient déjà fait disparaître leurs réserves. Bien que les bergers allemands ne cessassent d'aboyer, la police ne trouva rien dans les sacs à dos. Elle se contenta donc de placer les deux hommes à l'avant du bus, l'un à côté de l'autre, juste derrière le chauffeur qui tremblait, et devant des hommes volontaires comme Guy et moi, et d'autres encore, pour faire tampons, protéger les femmes et les enfants plus en arrière. L'assistant du chauffeur s'était chargé de ramasser les aiguilles à la pelle. Tout rentrait dans l'ordre. Nous pouvions tenter de roupiller un peu. C'était sans compter sur la colère du prêtre. Il nous prenait, Guy et moi, à partie.

— De quel droit vous permettez-vous d'inquiéter des Européens ? Bande de profiteurs, d'assistés, d'immigrés. Rentrez chez vous au lieu de nous emmerder chez nous. Voleurs d'allocations. Bande de Négros.

— C'est à nous que vous parlez comme ça ?

Quand Guy s'énervait, son accent martiniquais ressortait avec toutes les déclinaisons de la rage antillaise. Il allait, je le sentais, éclater la tête de monsieur le curé. Pour éviter un drame, je m'interposai et le retenais avec difficulté.

— À cause de vous, ces pauvres hommes ont failli être détenus.

— Et nous alors ? Nous ne méritons peut-être pas un peu de tranquillité aussi ? Nous ne comptons pas, quoi ? s'offusqua Guy en élevant le

163

ton. J'aurais bien aimé vous voir à notre place, avec des aiguilles et du sang souillé qui vous terrorisent alors que vous essayez de dormir.

— Bon sang. Ce sont des victimes !

— Oui. Des victimes consentantes, cria-t-il.

— Rentrez dans votre jungle ! Foutez-nous donc la paix !

— le plus âgé des toxicomanes, le Français, se leva, et pour la première fois, il sortit brusquement de ses gonds. Guy et moi fîmes un pas en arrière. Il s'agitait, le regard vicieux, pointant un doigt menaçant vers le prêtre, hurlant comme un enragé.

— Ta gueule, ta gueule, l'homme en robe. Tu la fermes. Qui nous a mis la came dans les veines ? Nous-mêmes. Maintenant, tu crois qu'on aime encore ça ? Qu'on veut être des nazes ? Les rebuts de ta société de merde ? Que ça nous plaît, peut-être ? Les gens comme toi, voilà qui empoisonnent la vie de tout le monde. Maintenant ta gueule et assieds-toi. Fous-leur la paix.

J'avais envie de lui crier un grand merci, et de hurler Amen, mais trop peur de l'encourager à continuer. Personne ne pouvait dormir. Et, il effrayait la galerie. À la gare routière à Gallieni, à peine les portes du bus ouvertes, le temps qu'on ouvre les yeux, qu'on se dégourdisse les membres, les deux camés s'étaient éclipsés. On ne voyait plus que leur dos, au loin. Les adolescents entourés de leurs parents s'agitaient en parlant. Maintenant, ils nous pointaient, Guy et moi, du doigt. Certains parents approchaient et nous serraient la main, sous l'œil rancunier de l'homme en robe. Pour dire

164

au revoir, Céline me prenait dans ses bras, et se serrait contre moi. La tranche de vie d'un Nègre à laquelle elle avait assisté, j'en étais sûr, aurait vite raison de ses ardeurs. Elle me tendait une joue. J'avançais des lèvres pointues pour l'embrasser. À ce moment-là, elle tourna la tête si rapidement qu'elle causa à nos babines de se toucher. D'un rire franc, elle se moqua de ma gêne.

— Appelle-moi. Je suis très contente d'avoir repris contact avec toi.

— Oui. Il faudra bien que tu m'expliques un jour comment tu t'es acoquiné ma tante !

165

***

   Toujours occupée, Catherine n'avait pas de temps à m'accorder. Elle m'envoya un texte avant que je ne me risque à la rappeler. Elle avait, disait-elle, de nouveaux amis plus sympas que moi. Elle faisait du sport. Prenait des cours de chant, faisait des sorties avec sa cousine, et se changeait les idées. Il fallait s'occuper de soi, comme une grande. C'est ce que mon silence de quatre semaines lui avait enseigné. Elle était vraiment trop rancunière cette bobo. Je détestais cet aspect de sa personnalité. Mais ce que je déplorais le plus, c'est que, sans elle, mon monde rapetissait, alors que le sien, sans moi, s'élargissait. Sans elle, la vie était insignifiante. J'étais devenu persona non grata, un exilé de l'amour, un rejeton sans ancre. Je vivais mal ce changement émasculant. Vivre sans femme ce n'est pas vivre.

   Devais-je plutôt me jeter aux pieds de Soukeyna ? Implorer son pardon, lui dire qu'il n'y avait jamais eu de grossesse ? Une enquiquineuse manipulatrice de première avait essayé de se jouer de ma naïveté. La chipie avait été désespérée. Soukeyna goberait-elle ça ? Devais-je oublier Catherine à tout jamais, la laisser tomber une fois

166

pour toute, et sauvegarder ce qu'il restait de mon amour-propre ? Pourquoi occupait-elle une si grande place dans ma tête ? Il n'y avait plus d'enfant après tout. Elle avait avorté. Si relation il n'y avait plus, je sentais le besoin d'un bouclage en bonne et due forme, un dernier face à face, une dernière conversation qui me permettrait de faire le deuil de la relation. Nous avons besoin de rites. Ils nous permettent de passer à autre chose.

Le lendemain matin, mon portable sonnait. Catherine avait-elle repris ses esprits ?

— Alain, que s'est-il passé avec ma fille ? Elle refuse de s'alimenter, d'aller à la fac, et s'enferme dans sa chambre. Que lui as-tu fait ?

— Nous dînions ensemble, et je lui ai dit qu'il était possible qu'une personne que j'ai connue avant elle soit enceinte de moi. Je n'ai pas cherché à lui faire de mal. Juste à être honnête. Elle s'est levée et a disparu. Je n'ai plus de ses nouvelles depuis. Son téléphone est déconnecté. C'est le seul numéro que j'ai pour elle. J'adore ta fille. Je craignais de la contrarier en cherchant à la revoir si tôt.

— Tu es son tout premier amour. Je ne sais pas ce qui s'est passé, ce que tu as fait ou dit vraiment, et je m'en moque. Cette situation ne peut plus durer. Règle ça, c'est tout ce que je te demande. S'il te plaît, arrange les choses au plus vite.

J'avais refusé en fin de compte, cette fois, de choisir la facilité. Peut-être étais-je trop con ? Je voulais plus que tout pouvoir enfin me regarder en face, être fier de moi, me respecter et avancer. J'envoyais un mail à Soukeyna pour m'enquérir de sa santé. Je désirai savoir si elle avait repris du poil de la bête. Sa mère m'avait donné un autre numéro pour l'appeler. Cela faisait déjà deux semaines que je ne la voyais plus en classe. Je m'excusai d'avoir été maladroit. Il ne suffisait pas d'être honnête, je le comprenais maintenant, trop tard, peut-être. Il fallait aussi savoir faire preuve de tact et de diplomatie. Je lui expliquais qu'il n'y avait plus de grossesse ni de relation avec une autre femme. Je ne voulais pas perdre son amitié. Et puis elle me manquait.

Il me fallut attendre une bonne semaine avant de recevoir une réponse. Elle disait ne jamais plus vouloir avoir affaire à moi. J'étais un être dépravé, sans scrupule, sans moralité, sans Dieu ni foi. Un impie de la pire espèce. Un vagabond, un voleur renifleur de culottes, un sale Antillais, un infidèle indiscipliné, égoïste et incapable d'aimer. Rien que ça ! Je l'avais blessée comme jamais personne ne l'avait fait. Dans mon esprit tordu, sa fureur me signalait qu'elle m'aimait probablement encore un peu beaucoup. Et puis, elle ajouta qu'elle partait pour le Sénégal et souhaitait ne plus jamais me revoir. Mince alors ! Il fallait que je la laisse tranquille une fois pour toutes. Elle avait erré, et je lui avais rappelé sans le vouloir son devoir de croyante. Étranger à sa foi, je l'étais et le resterai. Tentée par l'Occident que je représentais, elle s'était fiée à son propre entendement, et le regretterait amèrement pour toujours. N'ayant plus aucune raison de frustrer les attentes familiales au pays, cette fois, elle obéirait. Elle partait épouser un jeune homme que son oncle jugeait bien meilleur pour elle.

Man Yenne avait encore une fois raison. Qui mieux que moi savait remuer la déveine ? C'était comme de la soupe, ça coulait de source. J'en faisais mon fonds de commerce. J'étais maudit, un véritable damné de la terre ; bon qu'à tout détruire sur son passage. On m'avait, disait-elle, jeté un sort. Je renoncerai à contacter ces mégères ingrates, Catherine et Soukeyna, qui voulaient faire de moi l'ennemi public numéro un, l'homme le plus méprisable au monde. Je les reniais toutes les deux. Je détestais l'image qu'elles me renvoyaient, comme si elles avaient été elles-mêmes, au-dessus de tout reproche. J'étais un géant, pas cet individu mesquin qu'elles dessinaient naïvement dans un art sans reliefs et sans nuances. Je saignais de me savoir si incompris. Quels avaient été mes crimes, exactement ? À vingt-deux ans, on exigeait de moi une impossible perfection. Je devais savoir exactement qui j'étais, et ce que je voulais, quoi dire et quand le dire, être ce parfait gentleman en tout point. Et mes hormones, pardi ? De qui on se moquait ? Le monde était rempli de femmes plus intelligentes et plus belles que ces deux-là. J'obtiendrai mes diplômes, et prendrai ma revanche sur la chienlit et tous ceux qui la cultivaient. J'étais né pour gagner et je devais gagner ; là, avait été la substance du message de tatie Olga quand elle m'avait parlé de mes parents : il faut croire en sa bonne étoile. Au moins ça, c'était clair. Je serai égoïste, et ferai fi de la tyrannie du cœur de ces femmes mal lunées. Qu'importaient ces sentiments onéreux. Je n'en avais que faire de leur affection conditionnelle ! Vos sentiments ne me nourrissent pas. Que signifie ce bonheur dont vous croyez me priver ? La joie me suffira. Au diable les Soukeyna et les Catherine. Le monde est rempli de Lola et d'Antoinette. Elles se comptaient à la pelle.

Le lendemain, je reçus un message cryptique de Catherine. Il m'irrita plus qu'autre chose.

« Je culpabilise. Je n'aurais jamais dû permettre à notre relation d'aller aussi loin. Au départ, je ne cherchais qu'une aventure. Rien de plus. Et puis, sans m'en rendre compte, je me suis attachée à toi. Un jour, tu m'en voudras. Et savoir cela m'est insupportable. Voilà pourquoi j'ai voulu rompre. Tu ne m'as laissé aucun choix. Je ne voulais pas non plus amener un bébé au monde dans ces conditions. »

Dix minutes après la réception du mail, le téléphone sonna. C'était Sylvie. Que se passait-il donc ? Il y avait-il connivence ? C'était bien la toute première fois qu'elle m'appelait. Elle disait avoir obtenu mon numéro de Catherine. Au téléphone, je lui lus le message de sa cousine, et puis la laissai faire son explication de texte :

— Ce que Catherine essaye de dire, c'est qu'elle ne voulait pas te perdre. Elle ne va pas bien.

170

Elle a peur de ta réaction, de ton incompréhension. Elle a tout fait pour éviter le sujet, mais votre dernière rencontre l'a rendue incontournable. Elle a gardé votre bébé. Il restera sain et séronégatif si elle continue à prendre les médicaments que le médecin lui a prescrits. Elle devra faire attention à ne pas l'allaiter elle-même.

— De quoi tu parles Sylvie, toi aussi ? Sois plus claire.

— Alain, tu devrais te faire tester.

— Quoi ? demandai-je en commençant à paniquer.

— Tu lui as fait l'amour sans protection.

— Non. Tu ne vas pas me dire qu'elle… Non !

— Elle n'a pas le Sida. Elle est porteuse saine du VIH, comme moi.

— Non. Ne me dis pas ça !

— Tu comprends pourquoi elle t'évite maintenant ?

— Ça n'a pas de sens. Elle n'a pas pu me faire ça ?

— Ne panique pas. Il est très difficile d'attraper ce truc-là. Nous l'avons à cause des lésions infligées lors des viols. Nous avons été infectées par ce maudit oncle. Nous ne sommes pas malades. Simplement porteuses.

— Elle me déteste tant que ça ?

— Elle n'a jamais voulu te mettre dans cette situation. Tu dois le croire. Le virus ne s'attrape pas si facilement. Je t'en prie, fais-toi tester au plus vite. Tu en auras le cœur net.

171

Je voyais trouble, n'arrivais plus à me concentrer. Ma peau me démangeait. Je scrutais le vide, en larmes. Elle m'avait tué. La garce. Elle ne m'avait forcé à rien, mais c'était tout comme. Elle avait su, et moi je n'avais rien su. En ce qui me concernait, elle était responsable de ce qui m'arrivait, et devait payer pour son crime. Une tentative d'assassinat, tout simplement. Voilà de quoi il s'agissait. J'en pleurais. Elle avait menti en fermant la bouche. Elle m'avait trompé, que dis-je, trahi, de la manière la plus vile qui soit. Qu'avais-je fait au ciel pour mériter ça ? Je n'avais cherché qu'à l'aimer. Une haine sourde déjà me consumait. Je n'avais plus que faire des explications et des excuses de Sylvie. J'étais vidé, impuissant, un autre Nègre exploité, comme un jouet bête et méchant, pris dans la toile du vice. Je m'en voulais d'avoir été si bête, d'avoir cru qu'elle aurait pu m'aimer honnêtement, sincèrement, comme on aime quelqu'un qu'on respecte. J'avais des sueurs froides dans le dos. Pour sûr, je le sentais déjà, avec la chance que je me connaissais, j'avais chopé sa cochonnerie. Je voulais m'enfuir loin, me cacher et ne plus jamais revoir ce suppôt de Satan, cette brute maniérée. Elle s'était lâchement jouée de moi malgré les assurances de sa cousine complice. Mon cœur saignait.

J'ouvris la porte du studio, et l'âme suppliciée, me mis à courir comme un forcené. Tel un mort-vivant, je traversais les rues subitement fades de Paris sans même faire attention aux engins de la mort qui klaxonnaient sur mon passage. Les passants défigurés par la crainte s'arrêtaient pour me mater, puis fondaient dans l'asphalte, comme mes larmes, pour me faire place. De mon cœur atrophié, je martelais le sol fougueux, cherchant à rattraper l'espoir. J'arrivais devant le portail d'une église, moi qui ne croyais plus en rien, je m'affaissais et lâchais comme un long râle une prière entrecoupée par mon souffle haché. J'implorais un Dieu qui ne m'aimait pas, et en qui je ne croyais plus. Puis, je marchais dans tous les sens, déboussolé. J'avais marché longuement avant de m'arrêter, enfin. Calmé par l'épuisement, je retournais sur mes pas évitant le regard des passants qui immanquablement m'interrogeaient. J'étais encore en pyjama. Je voulais être seul avec mes pensées pour sonder l'immensité de mon calvaire personnel. J'allais être le papa mort-né d'un bébé biscornu, voué à la Géhenne avant même d'avoir péché, à cause de l'égoïsme d'une femme bafouée, qui crachait son venin aigri contre moi. Je pénétrai mes quatre murs tristounets, et me réfugiai dans le tapage nocturne de ma détresse intérieure. Je me sentais atrocement seul, et voulais faire violence à ce corps mien, et au monde entier, et surtout à Catherine ; lui rendre sa haine. Je voulais l'écorner pour qu'on ne me parle plus jamais d'elle, cette fille de Belzébuth. Sans cette queue insatiable et ignoble, la source de mes malheurs, j'aurais été un dieu. C'est la peur de voir le sang souillé jaillir et malmener une seconde fois mon orgueil qui eut raison de ma folie. Terrassé par un sommeil qui ressemblait davantage à la mort, le spectre d'une blouse blanche vint hanter mon esprit. Au réveil, je prendrai rendez-vous chez le médecin.

***

Plusieurs semaines après avoir reçu l'enveloppe, tatie Olga me répondait. « À l'église et à l'hôpital, j'ai contacté tous les gens que je connaissais, mes collègues, ainsi que d'anciens patients, et finalement quelqu'un avait entendu parler du père de la maman de ton amie. Il ne m'a pas été facile de retrouver ses traces parce qu'il est décédé depuis dix ans déjà, et enterré au cimetière de Petit-Bourg. Cependant, j'ai rencontré sa veuve, un de ses enfants, et ses frères et sœurs. La dame en France a deux frères. Un est maçon en Guadeloupe et l'autre policier à Bordeaux. La mère de son père vit encore, et n'arrêtait pas de pleurer devant la photo que je lui montrais. Elle a sorti les photos jaunies qu'elle garde depuis cinquante ans. Ils attendent son appel. Ils étaient tous très gentils et m'ont bien reçue. Sa femme avait des photos de sa petite-fille au Sénégal. Apparemment, il avait envoyé à sa fille des centaines de lettres restées sans réponses. Selon ce qu'on m'a expliqué, à son retour, il avait dit à tout le monde avoir été expulsé du Sénégal. Sa femme de l'époque avait refusé de le suivre. Tu lui communiqueras les adresses et numéros de téléphone ci-dessous. »

175

Je rencontrais Rokhaya à son salon. Elle me remit du maffé dans des Tupperwares. Je l'observais intensément pendant qu'elle étudiait la photo de groupe que sa famille guadeloupéenne lui avait envoyée, et puis, de ses yeux humides, en liesse, elle lisait la lettre que je lui avais remise. Cela me fit chaud au cœur. Tant de tendresse et d'espoir. Ma propre famille ne suscitait pas ces émotions en moi. Comment une femme si attirante se retrouvait-elle seule ? Clairement, je lui avais procuré du bonheur. J'en étais encore capable. Malheureusement pour moi, je n'avais rien apporté de tel à sa fille. Je lui avais brisé le cœur, et oublié de lui remettre sa culotte. Pour signifier son dévouement, elle s'était livrée à moi, innocente et vulnérable, et moi, je lui avais lancé la grossesse d'une autre en pleine face. Elle n'avait rien demandé et n'avait aucun besoin de cette information. Le bonheur, parfois, réclamait l'ignorance.

Nostalgique, je traînais dans le quartier, achetai du beurre de karité pour ma peau sèche, du savon noir, des noix de petit cola, tout cela servirait un jour ; du jus de gingembre et du bissap. J'observais les femmes en pagne. Leurs grosses fesses se devinaient sous le tissu et me rappelaient ma solitude. Elles se dandinaient sur un rythme régulier qui imitait les battements de mon cœur. Qu'aurait été ma vie avec Soukeyna ? Cette beauté qui m'enivrait, immanquablement, serait devenue ordinaire avec le temps, mon lot quotidien, tout simplement. Mon euphorie se serait transformée en déception cuisante, car la religion, curiosité insipide, se serait érigée en mur des Lamentations entre nous. Je n'aimais pas, contrairement à elle, les carcans. La religion organisée, la moralité imposée, les traditions, les coutumes, même la culture étaient pour moi autant d'entraves à une pensée libre et créatrice. Pour Soukeyna, en revanche, tout cela constituait les conditions mêmes de sa liberté. Tous ces vecteurs d'endoctrinement me dérangeaient. Qui cherchais-je à tromper ? Je n'arrivais même pas à croire les salades que je concoctais. L'arrière-goût aigre ne passait plus. La vérité était que Soukeyna m'aurait rendu suprêmement heureux. Nous aurions bâti ensemble de nouvelles traditions, une nouvelle culture, une autre moralité, et notre propre religion dans laquelle elle aurait été une déesse et moi un dieu, tout simplement parce que nous nous aimions. L'amour avait cette force. Nous aurions été les créateurs d'un Nouveau Monde fait d'aventures et de conquêtes car, c'est ce à quoi sert l'amour, à réinventer la vie, à reformater le monde, et à le rendre meilleur.

En m'engouffrant dans la bouche de métro, je pleurais. Je me hissais dans un wagon bondé de voyageurs. J'aperçus trois sièges vides que personne ne semblait vouloir occuper, préférant se serrer debout les uns contre les autres comme des sardines. Ça n'avait aucun sens, et je m'en foutais. J'avais envie de m'asseoir. L'opportuniste que j'étais se faufilait dans la masse aboulique. Pas question de rester debout jusqu'à la huitième station ! Enfin assis, je reprenais mes rêveries. Soudain, un pied botté de doc Martens me cognait le genou. Sorti de ma stupeur, je levai la tête dans l'urgence et la douleur. Mes yeux tombèrent sur un regard méchant, bleu comme un ciel clair de printemps. Il me dévisageait. L'homme portait un uniforme et un brassard nazis. Je redressai le dos. Choqué par tant d'audace, ma mâchoire se durcit. Je fronçai les sourcils, alors que mes narines toutes seules se mettaient à battre la chamade. Un duel s'ensuivit et, je soupçonnai que l'ombre des sardines se crispait d'appréhension. Je soutenais le regard effronté du barbare prêt à le juguler, à le forcer à capituler. Regard hargneux de Bantou contre grimace d'Aryen. J'étais sûr de gagner. Je n'étais pas un de ces Nègres philosophes qui croyaient en l'Humanité avec un grand H. Man Yenne m'avait inoculé contre cette contamination. Pure abstraction, ces animaux ressemblaient tous à des humains d'un bout à l'autre de la planète, mais leurs actions indiquaient qu'ils n'étaient que des monstres. Elle m'avait taloché jusqu'à ce que je comprenne que sauver mon pelage était l'expression de petite humanité qui comptait le plus ici-bas. Humanité bien ordonnée commençait par soi-même. Dans mon esprit, je faisais mille fois la peau à l'énergumène dégoûtant qui maintenant me toisait. Je voulais lui faire sentir le poids de toute la haine que je réfléchissais. Je l'ensorcelai à son insu. Moi, l'ancêtre, le doyen de son humanité, le Bantou originel, je maudissais cet Africain dénaturé, transhumé, cet albinos devenu blond aux yeux bleus qui me toisaient. Il succombait à mes assauts imperceptibles à la vue simple sans comprendre sa douleur. Je l'assassinais à petit feu par le poison de sa pensée malsaine. Obnubilé par ma présence, il se faisait ronger de l'intérieur. Je devenais sa raison d'être, ôtant tout plaisir à sa vie. Sa haine était mon pouvoir sur son esprit mesquin. Il baissa les yeux et se leva finalement pour rompre l'envoutement. Je le suivis. Vaincu, il se mit à courir. Je me lançai à sa poursuite. Puis, j'arrêtai d'un coup le jeu infantile, lassé par la haine. Il avait compris que certains parmi nous étaient fous, et prêts à mourir pour notre folie, cette idée que l'on se faisait de notre humanité. Je me servais du nazi comme on se sert d'un bouc émissaire. J'exorcisais ma peine et déplaçais mon malaise. Il était ma victime, et j'en abusais.

179

***

Prisonnier d'une petite dépression, je baignais dans la sueur, l'air vicié et la crasse des mêmes vêtements, essayant de faire corps avec un lit réfractaire qui me voulait debout. Catherine, la chipie, m'avait encore une fois envoyé une missive. « Ce bébé avec toi, j'en rêvais depuis Fécamp. Je sais que Sylvie t'en a parlé. Elle me l'a dit. Elle a eu le courage que je n'ai pas eu. Ce n'est pas tant que je n'en voulais pas, sinon que le questionnement sur son avenir me tracassait. Le médecin et tes encouragements ont eu raison de mes peurs. J'ai failli à la tâche. Je ne t'ai pas protégé de moi, et j'ai profondément honte. Je ne t'en veux pas. C'est à moi-même que j'en veux. J'ai honte de t'avoir laissé me toucher sans préservatif. Pardonne mon égoïsme. Je ne mérite pas ton amour, bien que je le désire plus que tout. Un jour, peut-être, tu comprendras ce que c'est que de vivre avec une sentence qui nous pèse sur la tête, harcelé par le mépris des autres, risquant à tout instant d'être exposé, traîné sur la place publique, et de voir s'écrouler le petit bout de monde auquel on se raccroche. S'il te plaît, ne m'en veux pas. Mon crime était de trop t'aimer. Ne m'abandonne pas. »

Elle avait du toupet. Elle délirait. Incroyable. Je ne répondrai pas. Comment le pourrai-je ? J'avais envie de la tuer.

Une semaine plus tard, Sylvie m'appela encore, quelques jours avant mon test de dépistage. Ça devenait une habitude. Je devais lui inspirer de la pitié, ou c'était pour elle un moyen d'exorciser un sentiment de culpabilité. Elle m'avait, la toute première fois rencontrée, souhaité bonne chance sans que je ne comprenne pourquoi. Maintenant, elle voulait qu'on se rencontre, maintenir le contact, et me raconter comment Catherine et elle, avaient vécu la nouvelle de leur infection. Je ne voulais rien savoir. Dépité, ma rancœur m'assommait. Pourtant, Sylvie refusait de lâcher prise. Je faisais partie de la famille, disait-elle. Avec toute la douceur et la candeur qui se dégageaient de sa voix, elle m'offrait une perche, et parvint à me faire entendre raison. « Il est peu probable que tu aies attrapé le virus, comme je te l'ai déjà dit. Tout ira bien, tu verras. Catherine n'aurait jamais sciemment mis tes jours en danger. Elle t'aime trop. Tu dois le croire. Tu lui as redonné goût à la vie. Au départ, nous avions tellement honte. Nous pensions avoir fauté, avoir occasionné le viol. Il était difficile d'en parler. Nous cachions notre condition. Nous nous sommes rapprochées à cette époque, et sommes devenues un soutien l'une pour l'autre. Obsédées par la mort, par le sentiment d'être coupable, par la honte, nous nous sommes, pendant longtemps, repliées sur nous-mêmes ; elle plus que moi, plus par peur du rejet, de l'incompréhension et de la stigmatisation. C'est très dur d'assumer un tel bagage. Moralement, ça déstabilise. Moi au moins, j'étais bien encadrée, mais ma cousine, elle, moins. Elle était entourée par la peur, la colère, et habituée au rejet. Cela n'a fait que creuser son angoisse. Elle a sombré dans une profonde dépression, a refusé le traitement, nié l'infection, et s'est isolée encore plus de tout le monde. Pour noyer la peur et nos angoisses, toutes les deux, nous nous sommes réfugiées, un temps, dans la promiscuité. Mais le sexe n'était pas notre vraie motivation. C'était plutôt un moyen d'évacuer la colère, et de hurler notre désespoir. Nous étions autrement incapables de nous projeter dans l'avenir, de communiquer notre douleur ; des enfants, un mari, l'amour, un avenir dérobé par un proche censé nous protéger. Certains rêves nous furent dorénavant interdits et puis, un jour, on nous apprend que nous continuerions de vivre, sans symptômes. En faisant attention, tout était encore possible. Cela nous a redonné espoir. Le virus était là, endormi, il attendait son heure pour se manifester, mais nous le guettions aussi ; sujet tabou, source d'autodénigrement, secret impossible à garder tant il nous minait de l'intérieur. Nous vivions parfois avec le suicide dans la poche arrière. Et tu es arrivé. Elle a craqué pour toi. Tu lui as donné envie de croire en elle-même. Elle avait oublié que la joie était encore possible. Elle a fui la clinique à peine arrivée. J'étais là. Et a décidé de garder ton bébé, votre bébé, grâce à tes mots et ton souvenir. Elle s'est rappelée que tu lui avais dit que tu l'aimais, et voulais l'épouser. Ce ne sont pas que des mots, j'espère ! Ce n'est pas rien pour des gens comme nous. S'il te plaît, Alain, promets-moi que tu ne l'abandonneras pas. »

Hirsute, ma barbe avait poussé. J'étais devenu méconnaissable. Je ne dormais pratiquement plus. Incapable de manger quoi que ce soit, tant mon épigastre se resserrait. Je maigrissais. Je ne mangeais plus. D'ailleurs, il ne me restait vraiment plus rien de comestible au studio. Le peu de nourriture encore dans le frigo achevait la culture de sa propre moisissure. Cela faisait deux semaines que la poubelle dans un coin de la cuisine attendait d'être vidée. Elle suffoquait, ne supportant plus sa propre odeur. Elle aussi devait chercher ma mort. La douche était restée propre, intouchable. Aucune crasse n'était venue s'y incruster. Je puais. Les draps crispés dans un rictus répugnant se moquaient de ma honte. J'avais séché les cours et déserté la fac. Personne ne m'avait vu, et le monde s'en fichait. Tout allait pour le mieux dans l'univers. Les astres suivaient leurs courses et la nature batifolait. La terre tournait encore autour du soleil. C'était décidé, demain matin, je me ressaisirai, je ferai un effort. Je me lèverai tôt pour aller chercher les résultats de mon test de dépistage. Le médecin m'avait convoqué à son cabinet. Acculé par cette satanée Catherine, je ne respecterai plus jamais personne, plus aucun titre, grade ou fonction. À force de déférence, on

183

oubliait que ceux qui en jouissaient étaient de simples pécheurs capables du pire comme du meilleur, comme tout le monde. Je ne mettrai plus jamais personne sur un piédestal, et jamais plus je ne ferai si rapidement confiance. Les gens pouvaient être si méchants, injustes et égoïstes. L'amertume m'étouffait. Ma vie était ruinée pour la deuxième fois, avant même d'avoir goûté à la vraie réussite. Devais-je disparaître à tout jamais de peur que l'on expose mon infamie ? Trouver un coin perdu où mourir ? Me presser de mettre fin à une vie inutile, gâchée par ma bêtise ? Cette Catherine qui au début disait ne vouloir que s'amuser, d'un coup de rein, avait tué mon espoir. De quoi avait-elle voulu me punir au juste ? Qu'avais-je fait pour mériter un tel châtiment ? Quel avait été mon crime ? D'être trop viril, trop libre, indomptable, pas assez domestiqué ? Je regrettais de l'avoir rencontrée. Soukeyna ne méritait guère davantage mon estime. Elle m'avait zappé au premier signe de difficulté. Elle ne pensait qu'à elle. J'avais envie de hurler mon dégoût de moi-même, et de ces diablesses en habits d'ange. Qui de nous trois était le pire ? Vivement demain. Savoir mettrait fin au tourment, et m'aiderait peut-être à accepter la fatalité, cette déveine qui me ridait le front. Une prière obstinée me traversait l'esprit : « Dieu, si tu déjoues le plan du malin qui s'acharne contre moi, jamais plus je n'abuserai de mon indécision pour leurrer et profiter de l'affection de mon prochain. Je le jure. Je pardonnerai à ceux qui m'ont offensé. » Avachi sur la moquette devant un lit défait, je me couvrais de ridicule. J'étais désespéré. Je voulais tant vivre, retrouver encore un peu d'espoir ; prêt s'il le fallait à devenir Mouride ; changer de religion.

Je me levai tôt ce matin-là, à quatre heures. Je passai l'aspirateur, changeai les draps, vidai le réfrigérateur, fis la vaisselle, fis tourner une machine à laver, ouvris les fenêtres pour aérer, ficelai la poubelle pour la sortir, repassai des vêtements, puis me rasai avant de sauter sous la douche. Je me faisais beau. Je désirais encore faire bonne impression, et ne pas encourager l'apitoiement du cher médecin si attachant. Je devais montrer que je n'étais pas cet individu à la moralité douteuse, cette épave, ce jouisseur à la lubricité sans bornes, incapable de contrôler sa torpille. À huit heures, attifé comme un ministre de la sape congolaise, j'empruntai les boulevards pour me faire voir. Excité par les regards, comme un paon, je déployais mon plumage braillard, faisais la roue pour me rappeler le bon vieux temps de ma récente jeunesse quand les colombes tombaient encore. Il valait mieux susciter l'envie que la pitié. Je sillonnais le quartier d'un pas lent et mesuré, me forçant à sourire aux badauds que je croisais, qui parfois me rendaient mon sourire. J'étais finalement un Nègre heureux, parce que bientôt libéré de mes illusions, par la certitude même de ma fin imminente. L'avenir n'existait plus. « Un jour » ne voulait plus rien dire. J'étais un mort-vivant. Il y en avait tant d'autres. Presque arrivé, j'apercevais déjà l'entrée de l'immeuble où se trouvait le cabinet. Je m'activais, mettais un pied de plus en plus fébrile devant l'autre. Le soleil sur son perchoir resplendissait de tous ses feux pour me saluer. L'air frais que humaient mes narines m'étourdissait. J'engageais la chaussée, quand une clameur aiguë, subite, retentit devant moi, glaçant mon sang d'incompréhension. Puis un camion de livraison, aussi distrait que je l'avais été par l'opéra improvisé, dans un roulement de tambours assourdissant, m'envoyait voltiger plusieurs mètres en amont, engourdi par la douleur. Je flottais sur le va-et-vient des vagues de ma lucidité. À moitié conscient, j'entendais des pas rapides approcher, puis dans les rayons de soleil, je distinguais tant bien que mal, le cabinet au grand complet et ce bon vieux docteur si sympathique venu me dire au revoir. Non, en fait, il me portait déjà les premiers soins. Avec une aigreur atypique, il braillait pour que les curieux me laissent respirer. « Appelez une ambulance. C'est mon patient. Mireille, annulez tous mes rendez-vous. J'accompagne le pauvre bougre aux urgences. » Je souriais béatement de voir un homme si distingué me guider au royaume des cieux. J'avais eu raison de mettre mes plus beaux habits, après tout. J'étais prêt pour l'enterrement ; pour la rencontre avec des géants plus accomplis que moi. J'en étais sûr, ils m'attendaient. Ils seraient contents de me revoir. Oui, au moins, on pourrait dire que j'avais réussi ma mort. J'échappai à la honte.

Dans l'ambulance, à travers la douleur qui faisait bourdonner mes oreilles, j'entendais mon médecin expliquer aux urgentistes que ma jambe droite était cassée. Il avait noté une contusion importante à mon épaule droite aussi qui, fragilisée, ne semblait pourtant pas disloquée. Je n'avais reçu, disait-il, aucun coup à la tête, mais on devait évaluer le risque d'hémorragie interne. Mes signes vitaux étaient bons. J'avais été secoué, mais survivrais si à l'intérieur rien n'avait éclaté. On devait se dépêcher. « Il souffre beaucoup. Je lui ai administré un sédatif avant que vous n'arriviez. » Il les informait que je traversais la rue pour venir à son cabinet récupérer les résultats d'un examen quand l'incident s'était produit. Il se chargerait de notifier mes proches.

J'attrapai encore quelques bribes de la conversation. Une douleur lancinante m'empêchait de répondre aux questions qu'on me posait. Je regardais le médecin, cherchant à l'interroger, mais ne put même pas faire bouger mon corps endolori. Avant de perdre connaissance, je me sentis happé par un long couloir lumineux, d'une blancheur éclatante, dans lequel je flottais comme sur un coussin d'air. Des portes s'ouvraient. J'étais probablement déjà au Paradis. Puis j'aperçus des bras musclés qui me transportaient, et un infirmier penché au-dessus de moi.

Dans ma rêverie médicamentée, j'imaginais mon médecin dans un coin de l'hôpital en train d'appeler Catherine. Je n'avais laissé au cabinet que son contact en cas d'urgence. Aucun enfant de tatie Olga ne devait être notifié. La nouvelle de mon malheur voyagerait vite aux Antilles et irait alimenter le fiel de man Yenne sur ma soi-disant nature maléfique qui apportait la déveine. Je devais souffrir loin des préjugés de ceux qui m'avaient élevé. De moi, ils ne recevraient jamais que de bonnes nouvelles. Man Yenne médisait trop. Plus pour se rendre intéressante, par habitude, peut-être, que par conviction, elle propageait des méchancetés sur mon compte, moi, son sujet de prédilection, sa bête noire. Aucune nouvelle, bonne nouvelle.

Horreur, le lendemain matin, à mon réveil, je remarquais qu'on m'avait enfilé une couche pour adulte, et j'avais un plâtre à la jambe droite. Mon bras droit recourbé en écharpe limitait mes mouvements. J'avais honte, on avait exposé ma virilité, sans que je l'autorise ou sache qui m'avait violé ainsi du regard. Une infirmière assez jeune et boulotte entra dans la chambre pour me poser une intraveineuse. Je détournais le regard. Je ne voulais pas que ce soit elle. Avait-elle attenté à ma pudeur ? Elle me souriait, ce qui n'arrangeait rien, puis elle m'expliqua que mon épaule avait pris un gros coup, elle ne s'était pas cassée, mais devait rester immobile. Il ne fallait pas trop bouger. L'hôpital, sur ordre du médecin de garde, ne me garderait que quelques semaines, après quoi, il me faudrait aller chaque jour, travailler avec un kiné, à un centre de rééducation. Quand je la pressais, elle me répétait qu'un interne et mon médecin traitant passeraient me voir plus tard. Aucune de mes côtes n'était endommagée. C'était un miracle. La vue de mon flanc droit ecchymosé fit jaillir en moi un besoin irrépressible de pleurer. J'attendais d'abord que l'infirmière s'en aille pour le faire. Trois mois de rééducation ? Une jambe dans le plâtre, affublé d'une couche à mon âge, un bras immobilisé, une attelle d'épaule, les examens à la fac étaient prévus pour dans à peine un mois. Mon absence des cours allait tout compromettre. Comment allais-je faire pour étudier, et pour m'y rendre ? Ma vie était foutue. Abominablement seul dans un monde injuste, sans personne sur qui compter, je pleurais toutes les peines de mon corps étouffant mes plaintes pour respecter le silence. Man Yenne se serait payée ma tête. Si près du diplôme. Pourquoi moi ? Et puis ce fichu test de dépistage, je n'avais toujours pas mes résultats. Pour sûr, avec ma chance, j'étais un mort-vivant. Alors que je m'apitoyais sur mon sort, et que les larmes encore aux yeux rendaient ma vision floue, une autre infirmière pénétra dans la chambre. Elle m'amenait de la nourriture. J'essuyai mes larmes prétextant une allergie. Elle relâcha un « umh umh » typique des femmes de mon île. Je levai les yeux pour mieux la regarder. La cinquantaine bien frappée, elle était Antillaise, et posait déjà des questions sur mes origines.

— Ah, vous êtes donc de Basse-Terre. Mwen sé moun Ans Betwan. Oui, Anse Bertrand, monsieur. Ou ka palé kréyòl ?

— Mé si, mwen ka palé kréyòl. [Bien sûr que je parle créole.]

Elle me donnait à manger à la cuiller, comme on nourrit un bébé. Avec la couche, c'était le comble. Je scannais la pièce du regard de peur de

189

tomber sur une caméra cachée, le sentiment tenace d'être retombé en enfance. De plus, ses gros lolos balançaient impunément devant ma face. La tendresse avec laquelle elle prenait soin de moi me rappelait ma tata. Elle était attachante. Dans cet hôpital froid, je voulais qu'elle devienne ma maman. Cela m'aurait moins dérangé si c'était elle qui m'avait mis la couche. Au point où j'en étais !

Anse Bertrand pour un Basse-Terrien représentait un univers lointain, pratiquement une autre planète. C'est là-bas qu'on trouvait un gouffre impressionnant, le Trou à Man Coco, et puis la Porte d'Enfer. Je n'y avais jamais mis les pieds, mais ça pouvait être une bonne chose. Il fallait faire attention, elle m'avait déjà ensorcelé. Avant de quitter la chambre, Germaine m'alluma la télé, puis me lança, « Appuie sur le bouton près du lit si tu as besoin d'autre chose. » Le ton familier qu'elle prenait indiquait que je n'étais pas le seul à me sentir à l'aise.

Des images de personnes apeurées fuyant la Syrie et l'Afrique défilaient sur l'écran. Des cadavres boursouflés flottaient près de barques de fortune irritant ma conscience. Des enfants échoués sans vie sur une plage, tués par l'indifférence des puissants, écorchaient ma sensibilité à vif. Des garde-côtes exténués par une trop grande fréquentation de la misère portaient secours à des voyageurs vacillants, déshydratés et affamés. Pour des sommes faramineuses, ces voyageurs de la clandestinité partaient braver la mort pour oser enfin vivre. Certaines âmes charitables les prendraient en charge, peut-être. Du moins, le temps du traitement de leur cas. Cette misère déferlante, intarissable, me remettait en mémoire l'aubaine que j'eusse d'être en vie dans un pays de droit où j'avais le loisir de me morfondre sur une vie amoureuse décadente, ou encore sur un diplôme différé. Malgré la perte de mes amours, la haine de man Yenne, mon épaule amochée, ma jambe cassée, la couche que je portais, et une possible infection honteuse, je demeurais, toutes proportions gardées, un Nègre privilégié ; chose qu'on ne devait jamais dire devant les plus primitifs parmi les Blancs. Ils en profiteraient pour me maintenir au bas de la grande échelle. Je n'étais pas un bobo, ou bien un fils à papa, mais bien un fils à tata, un guerrier encore capable de se jouer des préjugés noirs comme blancs, et de rêver et concocter des combines pour améliorer son quotidien. Certains des miens s'en sortaient à merveille dans cette albe France. Soit, ils payaient le droit de cuissage figuratif, ou remportaient le prix Ya-bon-banania, ou encore arrachaient ce qu'ils voulaient d'une volonté sanguinaire de leur sueur décomplexée. Je ne savais pas ce que chacun faisait. Ils avaient probablement choisi le bon cursus, la bonne voie, donné une mesure d'effort enviable, fait des choix judicieux, appliqué les principes universels de la réussite matérielle, et renoncé aux aspects nocifs de leur culture personnelle. Tout restait encore possible, mais seuls les plus motivés réussiraient. Il fallait pour cela développer l'œil du tigre. Les rêveurs du Premier Monde continueraient d'arriver avec leur détermination, même si la part faite au rêve diminuait.

Je somnolais, épuisé par cette désolation, quand une main ferme et chaleureuse me sortit de mon étourdissement. C'était mon bon médecin. Il avait fait le déplacement de son cabinet exprès pour me voir, lui qui détenait le secret de ma vie et de ma mort. Il souriait. J'aimais sa figure ronde et enjouée. Elle était si facile à lire. Je lui connaissais une autre mine lorsque les nouvelles n'étaient pas bonnes. Il gardait la tête basse, dans un silence pesant, puis soupirait bruyamment avant d'enfoncer ses yeux verts dans les vôtres, et d'un air attendrissant et paternel, à petits coups de langues, d'un ton grave, il vous expliquait la nature de votre mal. Son air jovial, aujourd'hui, me rassurait.

— Jeune homme, à part cette satanée jambe cassée, tout va bien. Votre test de dépistage est négatif. Donc en d'autres mots, vous n'êtes pas porteur du VIH. Mais…

— Ouiii [j'agonisais. Mon cœur battait la chamade.]

— Il faudra couvrir votre petite tête, et ne pas la traiter comme on traite un joujou. Je voulais vous annoncer moi-même la bonne nouvelle. Voici l'imprimé. Allez, prenez-le, dit-il en ricanant. Oh ! Avant que j'oublie, Mlle Courtaud a été informée de votre accident. Elle passera vous voir sous peu. Enfin, c'est ce qu'elle m'a annoncé. Bon courage, jeune homme.

Il méritait bien sa bonne réputation, lui, le détenteur d'un message qui me redonnait la vie.

Immobilisé dans une pièce aseptisée, sur un lit immaculé, je dansais la biguine dans ma tête. J'avais envie de chanter, mais je ne savais pas chanter. Des bébés joufflus, rigolards, défilaient dans ma tête. Comme avec les United Colors of Benetton, ils portaient les couleurs de la panoplie humaine. Mes yeux ruisselaient d'une joie indicible. À qui aurais-je pu me confier ? Germaine entrait.

— Tout va bien ? Tiens, on dirait Henri Salvador aujourd'hui.

— C'est les médicaments qui font ça !

Elle repartait dans un éclat de rire gras. C'était la deuxième fois qu'elle m'attrapait comme ça à mouiller les draps. Qu'allait-elle penser ? Le monde avait subitement repris ses couleurs. Il était redevenu vif, beau même. Je me sentais renaître. Mon cœur effusif éprouvait un élan de compassion pour l'univers entier, pour man Yenne, sans oublier Catherine. Que dis-je, surtout pour Catherine. J'appuyais sur le bouton de la sonnerie à la tête du lit. Je désirais un peu de musique pour ambiancer ma chambre. Germaine m'aida à en trouver à la radio. Je lui balançai mon plus beau sourire.

— Vos dents sont sales, me dit-elle.

Elle m'aida à me lever pour aller les brosser. Je rafraîchissais mon haleine aussi à l'aide d'un bain de bouche, et en profitai pour utiliser les W.C. Cette saloperie de couche, j'étais déterminé, jamais on n'aurait à me la changer. Le plâtre m'importunait. Je redoutais le retour au studio, ne sachant comment me débrouiller seul. Il y aurait des marches à grimper et des courses à faire. Être si vulnérable, et si seul m'agaçait. Cette vie d'ermite ne pouvait plus durer maintenant que je me savais capable d'aimer par-dessus moi-même, capable de vouloir le bien de quelqu'un d'autre, même si celui-ci ne me profitait en rien. Mon esprit était lucide, débarrassé de ses atermoiements. Mon cœur était en branle. L'amour donnerait un sens plus large à ma vie. Il m'ancrerait dans la maturité et l'exubérance.

Le sourire aux lèvres, je m'assoupis béatement et fis un rêve des plus insolites. De passage au bureau de la scolarité afin de récupérer une attestation de réussite, n'ayant pas encore reçu le diplôme par la poste, dans la file derrière moi, je le sentais bien, on m'observait. Des yeux lourds transperçaient le dos de mon crâne. Doucement, je me retournai. Une femme noire, émaciée, d'apparence ordinaire, terne, à la mine souffreteuse, sans courbes ou attraits particuliers, ne cessait de me dévisager. La souffrance la défigurait. Ses yeux enfoncés dans leurs orbites exprimaient une tristesse qui me contrariait. De façon grotesque, elle portait la douleur du peuple de l'ombre sur la face ; elle était de ceux que l'on voyait sans vraiment les voir. Ses traits tirés m'accusaient. Moi, le traître, rempli de moi-même. Son regard appuyé m'irritait. Je voulais l'effacer du revers de la main, non disposé aujourd'hui à m'apitoyer, ou à subir des reproches. Moi aussi, je luttais pour exister, pour ma place au soleil. Elle daignait esquisser un léger sourire avant de finalement baisser les yeux. Ouf. La tension dans l'air se dissipait. Intuitivement, je savais. Ce sourire ! Je le reconnaîtrai n'importe où. J'en portais la marque sur le cœur, au plus profond de moi. Il m'avait enseigné une leçon de vie et d'honneur. Je retournai la tête, puis tout mon corps chaviré virevoltait.

— Soukeyna, c'est toi ?

— Bonjour, Alain.

— Tu es pratiquement méconnaissable. Que s'est-il passé ?

— Cela fait à peine une semaine que je suis rentrée du Sénégal. Je suis ici pour procéder à une inscription. Je reprends mes études. Je désire terminer ce que j'avais commencé.

— Tu as vraiment changé. Que t'est-il arrivé ?

— J'ai fui le Sénégal. Après être rentrée avec mon frère, j'ai finalement accepté d'épouser l'homme avec lequel mon grand-oncle voulait m'accoupler. Remplacé par les plaintes quotidiennes d'une belle-mère envahissante, mon bonheur fut de courte durée. Le repas tardait, ou était mal assaisonné. La maison de son fils n'était jamais assez propre. Où donc était le bambin que tout le monde attendait ? Aucun signe de grossesse ? J'étais harcelée jour et nuit par des visites intempestives. Je me suis retrouvée à la merci de sa famille, à sa disposition comme une esclave. J'étais le ventre qui devait assurer la descendance. Bonne à tout faire, réduite au statut de simple objet utilitaire. Assujettie à l'arbitraire de personnes sans amour, sans considération pour mon vouloir. Rien dans mon éducation ne m'avait préparé à cela. La première fois qu'il me frappa, il le fit sous les encouragements de sa mère. Il disait vouloir me retirer ce goût de la France. Aussi méchant que sa mère, peu à peu, il a subtilisé ma foi. Pour finir, sa famille lui a finalement donné sa bénédiction pour engrosser une autre. C'est à partir de ce moment-là que je me suis engagée à partir, et à retrouver ma mère.

Ce rêve m'épouvanta. Il me faudrait demander au médecin de diminuer les doses de morphine, et aussi, retrouver Soukeyna. J'attrapai le portable tout près du lit, et composai le numéro du salon de beauté de Rokhaya. Je ne mentionnai pas ma condition ni où je me trouvai. Selon elle, Soukeyna allait bien. Elle se plaisait au pays de la Téranga, et préparait ses noces prévues pour la fin des grandes vacances, juste avant la rentrée. Ne le pensant pas judicieux, je ne parlai pas du rêve que j'avais fait. On préparait la fête au pays. Tout roulait donc ! Plusieurs heures passèrent. Bien que je désirais encore me reposer, j'avais peur de faire un autre cauchemar. À moitié parti dans un sommeil léger, la sensation d'un regard inquisiteur posé sur ma personne me fit sursauter. Là, postée devant moi, chic comme à l'accoutumée, martiale et réticente, Catherine jouait à la veuve dans une combinaison noire à col V.

— Je suis content de te voir, finalement. Désolé pour ma tenue. Je n'ai pas eu le temps de me faire beau pour toi.

Elle souriait.

— Tu te sens comment ?

— Les drogues sont bonnes, ici. Je suis un peu groggy, et je fais des cauchemars, mais la douleur, bien que persistante, est tolérable. J'attendrai que tu partes pour pleurer encore.

— Arrête avec la dérision. Elle ne te va pas.

— OK, tu gagnes. Je l'avoue. J'ai besoin de toi, plus que jamais.

— Oui. Je le vois bien. Tu es comme un bébé. Tu portes des couches, maintenant ?

— Comment tu le sais ? Maintenant, c'est toi qui fais dans la dérision.

— Le drap ne te couvre pas complètement. Je vais prendre soin de toi, mais ne penses-tu pas que quelqu'un de ta famille devrait aussi être informé ?

— Non. C'est toi ma famille.

— Alain, arrête. On en a déjà parlé.

— Pour l'instant mon portable est sur le point de mourir, si tu me ramènes le chargeur du studio, j'appellerai mes potes, moi-même. Les clefs sont dans le placard, dans la poche de mon pantalon.

— Je te le ramène demain.

— Comprends-moi, Catherine. Je veux être là pour notre enfant et assumer ma part de responsabilité même si tu es avec quelqu'un d'autre.

— Tu t'es fait tester ?

— Oui. Les résultats sont sur la table, là.

Elle fit quelques pas, puis déplia le fascicule.

— Ah, bien. Je vois que tu n'es pas infecté. Tant mieux. Je suis vraiment contente pour toi. Ça au moins, c'est réglé ! Maintenant, voilà, tu dois le savoir, il n'y a plus de bébé.

— Comment ça ? Ta cousine Sylvie m'a dit…

— Elle ne sait pas que quelques jours après notre visite à la clinique, après avoir encore réfléchi, j'y suis retournée seule. Alain, je ne peux t'offrir que mon amitié. Nous n'étions jamais censés aller aussi loin. Quand j'ai dit oui la première fois que tu m'as invité à sortir c'était seulement parce que je voulais prendre la mesure de ton effronterie. Aujourd'hui, tu connais mon secret, et je ne le supporte pas.

— Je t'aime, Catherine.

— Je sais que tu le crois. Moi aussi je t'aime, mais l'amour ne suffit pas. Tu m'aimes bien, Alain, sans plus. Sauve ta peau, imbécile. Je t'offre ta liberté.

— Je m'occuperai de toi.

— Non. Tu n'en feras rien. Je pars pour l'Irlande après ton rétablissement. J'y travaillerai pendant quelques années.

— Je me fous de ton VIH. On a quelque chose de spécial, toi et moi.

— Ça s'appelle de l'alchimie, mais crois-moi, elle ne reste que physique. C'est le manque qui te fait parler comme ça ? Ressaisis-toi. Nous sommes trop différents.

— Ah, j'oubliais. Je suis noir et tu es blanche.

— Non, pas ça. Tu es sain, et je ne le suis pas. Un jour, tu te lasseras de moi, et de toutes les précautions à prendre.

— C'est à moi de décider.

— Non. Tu es trop libre, trop fort, trop fier. Indomptable, imprévisible, sauvage et irrévérent. Ton monde m'effraye. Il est épuisant, fait de joutes incessantes, contre le rejet, la haine et la misère qui s'imposent sans cesse. Moi, je ne suis pas assez forte pour me battre à tes côtés, comme ça. C'est donc à moi de décider.

Qu'est-ce qui m'arrivait ? Pourquoi est-ce que je cherchais la main que l'on me refusait ? Avais-je pitié d'une bobo, ou bien pensais-je vraiment qu'elle saurait évoluer à mes côtés ?

Je devais faire taire cette ultime confusion. L'expérimentation terminée, chacun retournait dans son coin. Elle avait achevé son incartade dans cette France exotique que je représentais contre mon gré. Il n'y aurait pas de « Devine qui vient dîner ce soir. » Pas comme au cinéma. Elle avait failli me tuer de son sexe agressif et moi, comme une andouille, j'en redemandais. Quelques jours plus tôt, je l'aurais assassiné, et maintenant, je quémandais son affection ; que dis-je, je quémandais l'amour du maillon affaibli d'un avenir incertain. Un amour qui ne serait jamais équitable, de surcroît. Mes comportements automatiques, irréfléchis devaient cesser. Et si notre relation avait été exposé à la fac ? Que se serait-il passé ? Aurait-elle été renvoyée, ou bien peut-être écartée par ses pairs, considérée comme

199

une déviante ? Que me serait-il arrivé ? Aurai-je été acclamé comme la victime héroïque d'un rapport de force inégal ? Et si Soukeyna et Catherine s'étaient un jour rencontrées, se seraient-elles disputées ? Je ne le saurai jamais. Et si Catherine avait gardé le bébé, et m'avait aussi infecté, l'aurais-je tuée ou épousée ? Il n'y avait plus de bébé, donc plus de famille, donc plus de questions à se poser ; uniquement deux adultes qui se choisissaient ou pas, sans contrainte ni violence. Après tout, elle ne me devait rien, et je ne lui devais rien, non plus. L'amour était une largesse, pas une condamnation. J'accepterai son amour sous la forme qu'elle voulait.

— Ton amitié me conviendra. J'accepte ton aide aussi. Dans ma condition, quel choix ai-je ?

Je l'assassinerai ce soir, dans mon cœur. J'en ferai un monstre et un bourreau, comme on fait d'un bon professeur. Elle m'avait enseigné la rigueur de l'amour, et j'en étais maintenant digne et capable à la fois. Son monde ne sera pas le mien, trop exigu, calibré et faux, en lutte avec ses propres valeurs, tiraillé par ses contradictions, et je n'en voulais pas, d'ailleurs. J'avancerai vers ma volonté. Je me voulais libre, créateur d'un autre monde ; indéfini, ouvert, flexible, et inclusif, suffisamment solide pour tolérer le sien, mais où rien ne serait bâti dans la pierre. Mon monde à moi serait affranchi du diktat d'un passé trop présent.

Le lendemain matin, avant de partir au campus, Catherine passa m'amener le chargeur de mon téléphone, mon ordinateur, quelques livres pour réviser, mon courrier, et un plat délicieux qu'elle m'avait mijoté la veille, elle qui ne cuisinait que pour les grandes occasions. Elle me remit les clefs du studio, et m'annonça : « À ta sortie d'hôpital, tu viens chez moi. Je suis ta tutrice. Souviens-t'en. » Puis, elle fila.

Je chargeai le téléphone. En l'allumant trente minutes plus tard, je remarquais tous les messages ignorés, reçus en absence dans ma boîte vocale, mon mail, ainsi que les multiples SMS dans ma messagerie. L'instinct me guidait. Je ne voulais lire et entendre d'abord, que les messages de Céline. Maintenant que j'étais libre de m'ouvrir, de m'offrir, de rêver et d'avancer, je traiterais ce dossier en premier, et lui accorderai une considération des plus sérieuses. Ses messages successifs m'attendrissaient. Elle s'inquiétait de mon sort. Elle m'avait laissé ce qui représentait à mes yeux une déclaration d'amour passionnel.

Comment avais-je pu être aussi aveugle ? Ce que je cherchais avait été sous mon nez pendant toutes ces années, mais sous une forme que je ne pouvais reconnaître. Bien sûr qu'on se connaissait, depuis près de quatre ans déjà. Elle avait radicalement changé ! À l'époque, elle était pâle, coincée, un peu bonasse, plate et oubliable, un vrai modèle de vertu. Je ne supportais pas cela, donc elle passait inaperçue. Et pour comble, elle portait un appareil dentaire. Je l'avais ignoré alors comme on ignore les gens qui se négligent, préférant les filles qui en jetaient. Brillante concurrente, nous nous étions disputé les meilleures notes de la classe. En se débarrassant de sa timidité, et de son style pincé, elle s'était métamorphosée. À présent méconnaissable, elle avait un chien monstre. Elle s'aimait elle-même et cela se voyait. Sa beauté en avait été augmentée. Moi aussi, j'avais changé depuis. Rien chez elle ne me déplaisait plus. Son caractère et sa personnalité s'accordaient aux miens. Son engouement pour moi me réchauffait le cœur. Elle m'avait rappelé que j'en avais un, et cette fois, je laisserai mes principes me guider. Je ne ferai plus fi ni de ma conscience ni de mes valeurs au nom de l'opportunisme et de la facilité. Je vivrai pleinement, autant que faire se peut, en accord avec mes propres principes. Eux seuls m'offriraient la vraie mesure du bonheur, et un gouvernail, dans cette jungle où chaque animal, tôt ou tard, perdait un peu de sa superbe. Pour survivre, on devait rester fidèle à son instinct.

Céline me rappelait qui j'étais alors, avant de me laisser emporter dans le tourbillon de la chair. Un enfant-philosophe dont l'émerveillement et l'érudition inspiraient nos camarades de classe. J'étais, disait-elle, l'accoucheur de sa transformation. J'avais dit, en réponse à la question d'un prof, une chose qui avait changé le regard qu'elle posait sur elle-même ; « si l'on se cache pour être soi-même, si l'on se retient de rire, de pleurer, de ressentir, de dire, de faire ce qui à nos yeux s'impose, si on limite l'énergie, c'est la preuve que l'on ne vit pas bien. » Elle en avait conclu que si elle devait un jour me plaire, il lui fallait se libérer de ses peurs et exploser hors des limites qu'elle s'imposait.

Il me restait encore à remercier man Yenne. Mon instinct me disait que Céline m'offrirait une vie de plénitude. Elle voyait mieux que quiconque ce qui se dissimulait en moi, et elle me donnait des yeux pour mieux voir. Dans son dernier message, elle déclara avec une conviction toute simple et d'une voix solennelle : « Réveille-toi, géant. Je suis ta femme. » Sa douce détermination eut raison de ma résistance. À trop regarder les étoiles lointaines, je ne l'avais pas vu venir. Elle était l'étoile de proximité la plus brillante dont j'avais vraiment besoin parce que la plus adaptée à mon tempérament. Elle m'éclairait, et on se comprenait bien surtout. Il m'appartenait de mûrir complètement et d'accepter le défi de la stabilité à laquelle elle m'invitait. J'avais une décision importante à prendre même si cette décision avait déjà approprié mon cœur. Il faut parfois taire l'appétit de la chair pour reconnaître l'âme sœur, celle que notre énergie revigore, et qui suscite en nous l'envie de devenir meilleur.

Mes potes me manquaient. Je désirais parler à Youssouf pour lui dire combien j'étais désolé de ne pouvoir être un témoin à son mariage fixé pour bientôt.

— Alain, t'es où, mon salaud ? Tu déconnes. Tout le monde te cherche. Elle devient folle la go, Céline.

Le lendemain dans l'après-midi, la bande au grand complet, Karim, Youssouf, Guy, Hervé et Kevin débarquait dans ma chambre d'hôpital. Kevin m'annonçait :

— On a une surprise pour toi.

Céline entra, féerique comme un modèle sorti tout droit d'un catalogue de Saks Fifth Avenue.

— On l'a amenée avec nous, car elle flippait trop pour ta poire, mon Négro. Ce n'est pas gentil de ne pas répondre à ton phone. Elle n'en démordait pas, convaincue qu'il t'était arrivé quelque chose. Elle le sentait et nous incitait à l'aider pour en avoir le cœur net.

— Content de vous voir les homos. Comment vas-tu, Céline ?

Tour à tour, nous discutions de tout et puis de rien. Chacun promettait de venir jouer son rôle, me tenir compagnie et m'aider à réviser pour les examens de fin d'année. Guy irait parler à mes profs et à la vie scolaire pour tout arranger. Ils s'organiseraient pour me transporter à la fac les jours d'examen.

Karim ajoutait :

— Fauché par un camion de livraison ? Mais tu es taré. Il faut faire attention, pépé. Quand tu traverses la rue, tu regardes sur ta droite et puis sur ta gauche. Trêve de plaisanteries. Qu'il m'est insupportable de voir un cerveau comme le tien pourrir dans cette chambre où l'air est vicié. Quoi, tu portes une couche maintenant ? C'est donc pour ça que ça schlingue comme ça, ici.

Tout le monde pouffa de rire, sauf Céline.

— Laissez-le tranquille. Elle défendait déjà son bifteck.

Chaque jour, je lisais mes leçons et un pote différent, après les cours, me faisait les réciter. Céline, elle, passait me voir tous les jours. Elle en profita pour me raconter comment elle était devenue amie avec ma tante. Rencontrée dans le courant de la semaine de nos inscriptions ; de passage à la vie scolaire une seconde fois sans moi, tatie Olga était revenue se renseigner sur le cursus que je suivais. Dans l'après-midi, Céline était tombée encore une fois sur la vieille dame aux Galeries Lafayette. Voyant qu'elle faisait un malaise, elle lui vint en aide et fit appeler l'infirmière du magasin. Se rappelant l'avoir vu dans la matinée, elle l'aida à s'orienter, puis à contacter un membre de sa famille. Elle l'accompagna et l'aida à finir ses emplettes le temps que son fils vienne la récupérer. Tata Olga, reconnaissante, insista, elle tenait absolument à la remercier avec quelques billets. « C'était la moindre des choses, disait-elle, vous êtes une étudiante si serviable. » C'était du tata Olga tout craché. Céline refusa l'argent ; on ne disait pas non à une femme de tête, mais le temps que Gaël arriva, elle accepta de partager un repas avec tata Olga au self-service des Galeries.

Le samedi matin de ma première semaine à l'hôpital, Céline débarqua avec une tablette. Je savais pertinemment ce qui allait se passer mais je m'en moquais. Elle s'assit près de moi sur le lit pour regarder un film. Nous rigolions aux éclats quand Catherine poussa la porte d'entrée. Surprise, elle s'arrêta net. Perplexe, elle fronça les sourcils prenant une mine désapprobatrice, puis contrariée, tenta de rebrousser chemin. Céline, confuse mais pas bête, se leva prestement. Lui tendit la main et l'invita à entrer.

— Qui êtes-vous ? demandait Catherine.

— Je suis l'amie d'Alain. Je m'appelle Céline. Je crois vous avoir déjà aperçue, madame. À la fac, peut-être ?

— Oui, c'est possible. Bon, je vois que tout va bien. Je repasserai plus tard. Au revoir.

Catherine disparut, nous laissant avec la tension qu'elle avait suscitée.

— Je ne comprends pas ce qui vient de se passer. Je me sens toute bizarre. Comme presque salie.

— Viens Céline. S'il te plaît, rapproche-toi. J'ai un truc à te dire.

Je lui saisis doucement le bras, la tirant vers moi avec délicatesse. Puis je l'embrassai en pleine bouche. Elle se laissait faire, entourant mon cou de ses deux bras.

— Finalement. Waouh. Il t'en aura fallu du temps.

— J'aurais dû faire ça, il y a longtemps. Crois-moi. Je ne le pouvais pas. Mon cœur était confus.

— Ne gâche rien mon amour. Tais-toi. J'ai tout compris.

206

Du même auteur :

Christophe, Michel. Teaching for Transformation: Teaching from the Heart. Leesburg, VA: ProficiencyPlus, 2016.

———. The Unraveling. A Leadership Tale. Leesburg, VA: ProficiencyPlus, 2016.

———. Deux Semaines en Janvier. Leesburg, VA: ProficiencyPlus, 2016.

———. Chronique d'un Noir à la Dérive. Leesburg, VA: ProficiencyPlus, 2016.

———. Le Conservatisme Noir Américain. 3rd ed. Leesburg, VA: ProficiencyPlus, 2016.

———. Broken Happy. Leesburg, VA: ProficiencyPlus, 2017.

———. The Harder the Pain. Leesburg, VA: ProficiencyPlus, 2017.

———. Au Royaume de mon Père. Leesburg, VA: ProficiencyPlus, 2018.

———. Brisé Décalé. Leesburg, VA: ProficiencyPlus, 2019.